本书获

2024 年度贵州省出版传媒事业发展专项资金资助

这就是“村BA”

曹雯 著

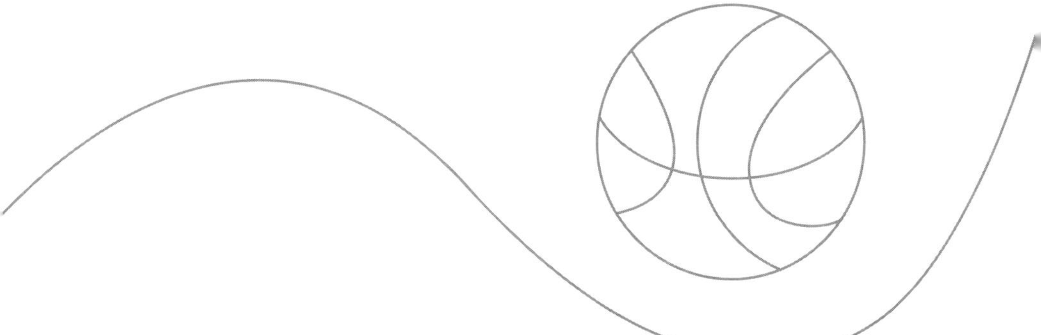

贵州出版集团
贵州人民出版社

图书在版编目（CIP）数据

这就是“村 BA”/ 曹雯著 . -- 贵阳 : 贵州人民出版社 , 2024. 8. -- ISBN 978-7-221-18505-1

Ⅰ . I25

中国国家版本馆 CIP 数据核字第 20240LS814 号

ZHE JIU SHI “CUN BA”

这就是“村BA”

曹 雯著

出 版 人: 朱文迅
策划编辑: 戴 俊 陈 滔
编辑统筹: 张 黎
责任编辑: 朱文迅 蒋 莉
版式设计: 温力民
封面设计: 刘 津
责任印制: 黄红梅

出版发行: 贵州出版集团 贵州人民出版社
地 址: 贵阳市观山湖区中天会展城会展东路 SOHO 公寓 A 座
印 刷: 贵州新华印务有限责任公司
版 次: 2024 年 8 月第 1 版
印 次: 2024 年 8 月第 1 次
开 本: 890 毫米 × 1240 毫米 32 开
印 张: 5.75
字 数: 137 千字
书 号: ISBN 978-7-221-18505-1
定 价: 68.00 元

目

CONTENTS

录

序

群山连绵与篮球运动，都是苍穹之下的故事。

地球是圆的，篮球也是圆的，有时候，篮球还可以是任性而可爱的，甚至野里野气。比如贵州黔东南大山深处的“村 BA”。

“村 BA”是热点，也是故事，更是生命本来的一曲歌谣。或者说，“村 BA”的村，既是贵州黔东南乡村的村，也是 21 世纪“地球村”的村。“村”风化雨，乾坤自现。因纯粹的竞技和娱乐，“村 BA”被视为是这个时代的稀缺品，与其呼之为现象级，不如称之为史诗级——它不仅是对这片土地跨世纪文明进程的一次总结，一次回应，更传递出了民间体育里“乡土中国”的文化自信。

信息社会，人类文明进程进入了前所未有的加速期。如果站在“地球村”和移动互联网的视角，我们会发现，这个时代典藏着许多“彩蛋”。在某个出其不意的时空节点上，一定会大放异彩。

贵州的黔东南，全称为“贵州省黔东南苗族侗族自治州”。

在这片土地上，无论苗族，还是侗族，抑或其他少数民族，均有着许多特别的人文景观。他们从远古走来，传承着族群独有的文化内涵和民俗风情。如今，他们已然彻底告别了“养在深闺待人识”的过去，上演了现实版的“一朝成名天下知”。

因此反过来看，这个“彩蛋”还包括“村 BA”的唯一性——它不同于地球上任何一个角落的篮球赛事，它有特定的民俗活动和山地文化“助兴”，它不攀附资本却盘活了民生。这是何等奇妙，何等不可思议。

毫无疑问，“村 BA”对所谓生活向美向好，以及当地经济社会的发展大有助益，对持续巩固拓展脱贫攻坚成果同乡村振兴有效衔接大有助益。所谓，三十年河东，三十年河西嘛！这真是赶上了好时代。无论怎么说，怎么想，最终还是得靠发生于这片土地上的故事自己去讲述、去呈现。

中国大江南北的人们都在打篮球，为什么偏偏贵州黔东南的“村 BA”火出圈了呢？有人说一切安排都刚刚好。好吧，这话我信，就如这里有“村 BA”，我有这里的故事……

黔东南的春天，远看山岭重叠、峰峦相接，好似天然的水墨丹青。密林、瀑布、溪流、洞穴、梯田，还有数不清的苗乡侗寨，撒落山间。走近了，时有山歌飞出，鸡犬相闻。

这一天，贵州省篮球协会副主席兼秘书长朱宝林，从黔东南丹寨万达小镇看完比赛出来，原计划要去龙泉山看杜鹃花，听说山那边有美丽的瀑布，便动了心思。

他先是驱车到了丹寨金汞矿遗址，这处已经废弃了的近现代工业建筑，位于龙泉镇高排村东南侧的山弯河谷间。20 世纪六七十年代，金汞矿的鼎盛时期，这里各类技术人员达到九千多人，矿区面积扩展至隔壁黔南的三都水族自治县。朱宝林正是在那里度过了快乐的童年时光，十二三岁便长成了 1.79 米的“大高个”，有了从事篮球运动的身体资本。

图1 “村BA”争球照 （向忆峰/摄）

白驹过隙，曾经风光的矿区，学校、大礼堂、医院应有尽有，周围的乡亲都要来这里逛街、看电影和看病，热闹得像个小县城。但随着矿藏的枯竭，所有人都迁走了，只剩下风穿梭在大片大片的油菜花海中。

金汞矿也好，人也罢，都被时间悄无声息地放在时代的坐标轴上，不断考量，不断沉寂，岁岁年年，没有什么力量能阻止更新，没有什么力量能拒绝改变……

山野里的早春，乍暖还寒，朱宝林下意识紧了紧身子，心窝子却是热乎乎的。他是幸运的，从 13 岁遇到篮球至今，从篮球运动员到裁判、CBA 篮球技术代表，他与篮球一起走过 50 年历程。也就是说，在这片土地上，他是参与者，也是见证者。

说起篮球，朱宝林总会不自觉地回想起 1973 年的那一天——13 岁的他，坐在期末考试的教室里，有同学跑来说："朱宝林，体校老师在等你去测试。"他气定神闲地回了一句："等我考完试。"

人的一生，总会遇到一些这样或那样的命运转折点，有时是自己主动求取改变，有时又是冥冥中得到眷顾，谁也说不清楚。那一日，天空澄澈、湛蓝，山风拂面，路边绿树哗啦啦地响着。少年的身影，披挂着朝阳，在山路上移动着，因为梦想和远方，他一路留下自己的足迹，自己的气息……

人生的有些路径，似有预设和安排。而生命的奇迹，或者说乐趣，则在于当事人是"未知"的，甚至是毫无觉察的，他只是带着执拗和热忱，义无反顾地前行。

那一年，县体校到学校里挑选优秀体育苗子，在同龄人中，朱宝林显得条件突出。测试的过程十分顺利，被县体校选中后，没过多久他又参加了市州一级的集训，最终被教练点名，送进了刚刚成立没多久的贵州省体育学校。

从小县城一步跨到省城贵阳，站在人群中尽管身形瘦削，但一想到今后再也不用为吃饭、穿衣发愁，朱宝林高兴极了。经过 3 个月的体能训练，他长到了 1.81 米。关于省城生活的最初记忆，是和小伙伴们一起把山丘挖成平地，搬砖拉水泥，一手一脚地参与贵州省体育学校的建设。

有意思的是，朱宝林此前在三都，足球、乒乓球样样玩得转，就是不太会篮球。所以他最初的计划是进足球队踢后卫。直到教练瞪了瞪眼睛说："你这个子，踢什么足球，去打篮球。"就此朱宝林的人生才算是与篮球正式结缘。

教练的眼光没有错，朱宝林确实是一块打篮球的好料子，身体素质、应变能力、思想悟性……仿佛一切都是为篮球准备好的。加入球队仅仅两个月，朱宝林就打上了队里的主力中锋；3 年后，他从贵州省体育学校转入贵州省篮球专业队，成为青年队的一员。

16 岁的朱宝林，青春年少，意气风发。长期专业的体育训练磨炼了他的意志品质，培养了他的心性。那个年代的人，家国情怀与个人梦想往往相互依存，相互托举。朱宝林自然不会例外。"一定要好好训练、好好比赛、全力以赴，不然对不起国家！"这样的声音，一遍遍在朱宝林的脑海里回响。

那个时候，贵州省体委有时也会组织篮球队集体观看国内外高水平比赛的录像。这让朱宝林第一次认识了南斯拉夫的著名篮球运动员斯坦科维奇。

无论是过去、现在还是未来，篮球都是一项充满了“偶像力量”的运动——因为看到了那个在球场上风驰电掣的人，开始不断地模仿、学习，最终成就自己。朱宝林也是如此，他不断地模仿着斯坦科维奇的打法，思考着南斯拉夫队员们的技战术配合。

在朱宝林眼里，巴尔干半岛的人都是天生的运动员，他们身材瘦高，手长、脚长，从事篮球运动再合适不过。需要说明的是，巴尔干半岛包括今天的希腊、保加利亚、阿尔巴尼亚、黑山、北马其顿和波黑全境，以及斯洛文尼亚、克罗地亚、塞尔维亚、罗马尼亚和土耳其的部分地区，依旧是欧洲篮球巨星的摇篮。

能够主动学人之长、见贤思齐，是一个人得以成长和提高的基本素养。对于一个少年，懂得眺望远方，他才会用心打量自己；能够畅想未来，他才懂得从当下出发。

时光如水，记忆如磐，从踏进贵州省体育运动学校的第一天，到成为篮球队里的老前辈，朱宝林不知不觉打了 12 年篮球。1986 年初，朱宝林从一线比赛中退下来，准备转型去当女篮助理教练，不承想贵州体育战略的调整，再次改变了他的人生。1985 年，贵州省体委虽然提出争取在专业运动队有 15 个项目的基础上，到 1990 年发展 25 个以上，但在捉襟见肘的经费供给下，想要有所发展，必须有所取舍。

万物各有造化，皆能领受造物不同的恩典。与朱宝林口中的巴尔干半岛人相比，生活在喀斯特地貌上的贵州人，从小练就了灵活的身体，具备行动果敢、临危不惧的心理特征，更加适合体重较轻、灵巧、勇敢的项目。这在当时就有了印证，比如强调个体能力的田径、航模、射击、体操等项目，不少运动员均已在全国取得不错成绩，而足球、篮球、排球这样人数众多、需要大量经费支撑、高效协同的集体项目却很难向前发展。

取消“三大球”似乎在情理之中。只是那个时候，这样的战略调整简直如晴空霹雳。1986 年 4 月 2 日，贵州省体委决定贵州省体工队不再设篮球、排球这两个项目，同时鼓励和支持有条件的厂矿、企业、大专院校建立高水平的篮球、排球运动队，并由冠军队代表贵州省参加全国比赛。

一石激起千层浪，舆论一片哗然。对于朱宝林来说，篮球队都没有了，还要去哪里当教练呢？好在 26 岁那年，朱宝林幸运地考上了成都体院。毕业后持续提升自己的文化水平，以适应新岗位的要求。

只是对于篮球的热爱，注定令朱宝林欲罢不能。

1988 年，机遇来了——朱宝林在遵义市进行的一场全国比赛中，遇见了两位国际裁判。在了解到朱宝林曾是贵州省篮球队的主力队员后，有人试探性地问道：“想要成为裁判吗？”却不等朱宝林回答，向他丢来一件衣服、一个哨子，并对朱宝林说：“好好准备一下，过两天上场，我带你吹。”

这是非常大胆的人才培养方式，只有临场经验丰富、理论研究有造诣的人物，才敢如此起用新人。在老前辈的带领下，朱宝林利用业余时间走上了篮球裁判的道路，从三级、二级、一级到国家级、国家 A 级，他始终是和他最热爱的篮球在一起。

眼角的泪水，让朱宝林从往事中回过神来，他轻轻地吸了一口气，继续驱车前行。

在黔东南的密林中，山岚与梯田交相辉映，苗族的吊脚楼隐藏在高高低低的山间。山里的气候，十里不同天，早先从丹寨万达小镇出发的时候，还是很晴朗的天，此刻居然下起了细密的雨。雨点淅淅沥沥地落在车窗上，汽车的雨刮被打开，一下、两下、三下……

朱宝林原本是循着河流的方向，去找那个“美丽的瀑布”，但此刻河流早已消失不见，显然是走错路了。不过他并不感到沮丧，山中烟雨茫茫的景致，给人一种置身于水墨丹青的感觉，他再次轻轻吸了一口气，继续驱车前行。

雨不大，细如麻，断断续续随风刮。
东飘，西洒，才见住了，说还下。
莽莽苍苍，山寨一派淡墨画。
山山蒸紫气，田土罩烟霞，
小麦、油菜难分划，望到天涯都是绿，都是社里的庄稼。
几朵淡黄斗笠，隐隐如同雾中花。
烟雨中笛音湿润润，欲溶化，不溶化。
……

山中似有老翁低低吟唱。这是朱宝林少年时，贵州诗人廖公弦的诗作。世人道贵州“天无三日晴”，是一种带着偏见的夸张说法，从科学论断来看，这不过是雨量充沛。只有身在贵州的人，才会懂得贵州气候中最有特色的美——正是它的雨，让万物如入天然的画卷，正是天雨润万物，万物才有向阳而生的

图2 黔东南肇兴侗寨 （贵州省文化和旅游厅/提供）

力量和诗情。

可以说，多雨的天气，成就了生机勃勃的贵州，使得本已洁净的空气更加清新，原已翠绿的山野更绿了。朱宝林一路追着这翠绿的山色跑，待汽车冲出一片密林后，眼前的景象忽然开阔起来。

他把车停在路边，下车大步往前走。这时雨点也渐渐消失，阳光从云层背后透了出来。山的那一边，似乎有很多人，很热闹，男女老少都有，他们在干什么？

好奇心驱使朱宝林加快了脚步，待他走得够近了，才发现眼前这个不知名的小山村里，竟然有一块标准的篮球场。球场上比赛打得正酣，整个场地被男女老少簇拥着，时不时地传出一阵阵叫好声。

“这里也有‘村 BA’！”朱宝林“倏”就来了兴致。

他站在人群后面，凭借着身高优势也能看个一二。球场上的篮架一下子吸引了他的注意力，那上面分明写着“贵州省体育彩票公益基金捐赠”的字样——这是贵州省“农民体育健身工程”的标志。

2006 年国家体育总局等部门正式启动的“农民体育健身工程”，以行政村为主要实施对象，建设“一场两台”，即一个混凝土标准篮球场，配备一副标准篮球架和两张室外乒乓球台。退休以前，有十多年的时间，朱宝林都在为贵州的“农民体育健身工程”奔走。直到 2020 年，全省 15168 个行政村实现“农民体育健身工程”全覆盖，他才光荣退休。

此时此刻，朱宝林与眼前这个黔东南偏僻山村里的篮球场忽然相遇，心中真是波澜涌动、感慨万端。世事无常，兴替变换，只有时间能给我们最完整的真相。

果然是百年贵州篮球，一朝“村BA”啊。据《贵州省志·体育志》记载，1906年，今天黔南的独山县某小学内“建有篮球场、开展篮球活动”；20世纪70年代，活跃于黔东南的“苗寨女篮”曾名震省内外……作为一项现代体育运动，篮球进入贵州百年，拥有广泛的群众基础，曾经是学校操场上、工厂里、田坎边最引人注目的体育运动。

在跨世纪的光阴故事里，从土场坝到水泥地，再到现如今的标准灯光篮球场，篮球与贵州早已结下不解之缘。有数据显示，截至2021年，贵州共有各类篮球场地41905个，总场地面积2433.52万平方米。篮球场地的广泛普及，是开展篮球运

图3 老照片——贵州省女子篮球队在凯里的表演赛　（贵州省体育局/提供）

动的前提。在贵州，每个学校、每个厂区、每个单位系统乃至每个村寨，也都有着自己的篮球代表队。篮球运动，始终被这片土地上的人们热爱着，期盼着。

只是谁也不曾想到，跌宕起伏的山路尽头，小山村里通宵达旦的篮球比赛，会凭借移动互联网的繁荣，成为火爆中国甚至蜚声国际的“名场面”。2022 年夏天，黔东南州台江县台盘乡台盘村举办的篮球比赛，如山风吹过寨子般经网络迅速传开，被网友亲切地称为“村 BA”。

一群大山里的人，一个飞旋的篮球，饱蘸热血与星光，不舍昼夜……

“村 BA”从走出贵州到扬名天下，仅用了十来天，就以全网超过 50 亿次的点击率，一浪高过一浪的媒体报道，成为现象级的文化事件。

“村 BA”并不特指某一地的篮球比赛，而是台盘村苗族“吃新节”系列篮球赛事和贵州省“美丽乡村”篮球联赛等系列乡村篮球比赛的总称。时至今日，已经发展出全国和美乡村篮球大赛、“村 BA”球王争霸赛等全国性赛事。

“村 BA”的实质，是“最炫民族风”叠加篮球运动。它在一夜之间天下皆知，只能说这片古老而神奇的土地，一群质朴又鲜活的生命，得到了老天爷的青睐——仿佛全世界都在等着共享他们的快乐。

在这里，年轻的草根球员以村寨为名守护荣耀，热情地用质朴的快乐拥抱生活。而其身后的群山，仿佛爱因斯坦广义相对论中巨大弯曲的时空，当代文明与古老生活交织互动，每一帧都恰似不同时间里的片段，呈现出独特、丰盛、密集的文化景观。

彩衣深处，乱花渐欲迷人眼；万物有灵，歌声追逐历史微光。今日之贵州，再也不是那个因为经济发展滞后，无法组建专业篮球队的省份。基础设施的不断完善，抹去了天堑与通途之间的界限，旧时因交通不便而导致的先天不足，如今反而成就了贵州闪耀世界的后发优势。

隐于群山，最终被群山所显。光阴轴上，各有风骚，各有乾坤，只待世人用心感知，用情纳受。承载“村 BA”的贵州篮球，自始至终都在摸索一条不同寻常的路。“村 BA”作为一种乡村文化现象所折射的精神生活，以及其身后的贵州乡村振兴图景，都是这本书中所写到的每一个人，想要告诉你的故事。

中国有个“村BA”

“村 BA”的“流量密码”到底是什么？无尽的光阴轴上，谁曾料到，这片神奇而古老的土地，一阵地域性极强的民族风，与一项全球化的体育运动，出乎意料地“撞”在一起，撞出个“新物种”——“村 BA”。诚然天下篮球故事多，但中国的汉字“村”与英文字母“BA”会发生联系，这还是头一遭，不是吗？

2022 年 8 月 1 日，贵州省“美丽乡村”篮球联赛黔东南赛区半决赛，在台江县台盘乡台盘村篮球场举行。经过精彩激烈对决，最终凯里市代表队、雷山县代表队、天柱县代表队和黎平县代表队先后进入四强。

8 月 2 日，他们将争夺黔东南赛区冠军，最终冠军队再代表黔东南参加首届贵州省“美丽乡村”篮球联赛的总决赛。

这一拨被誉为贵州“村 BA”的系列比赛，一时间吸引了包括人民网、新华每日电讯、央视新闻、环球网、澎湃新闻、天眼新闻等数百家媒体的现场直播。

政府支持，大牛站台，名人打卡，加上网友的神助攻，让“村 BA”在 2022 年夏天，收获了全网超过 15 亿次流量，甚至飞越了半个地球。英国《体育商业报》认为，“村 BA”之所以如此受欢迎，一个关键原因是在这里可以看见体育最美的样子。

都说一切皆有可能。就这样，乡村篮球这么一个微量事件，忽然唤起了世界的回声。这就是传播的魅力，这就是时代的赋能。

不得不承认，有时候的诗意，是好山好水，春华秋实；有时候的诗意，是任意的你我他，都活成了自己想要的样子。“村BA”，是民族风情与生命运动的“醉美”遇见，是山与海、山与山、山与原野的奇妙对话，是故乡与他乡的倾情拥抱。

大山与人，一起绽放；乡野与世界，一起沸腾。它是民族血脉的接续，也是时代的赋能，是天时、地利、人和的非凡交响。

图4 “村BA”现场观众　（姚顺韦/摄）

一 有一种战斗，叫原乡情怀

远古以来，族群内部最原初的凝聚力、向心力，是出于崇尚意志与力量，信奉英雄主义，并预设不同的乌托邦。在人类漫长的文明进程中，德行、梦想与荣誉，早已成为一种共同的守护。而地域和族群的分殊，则会被赋予不同的性情、血脉和身份识别，逐渐沉淀为民俗及族群文化所守望的精神密码。从显化上看，这便是来自土地与场域的不可言说的原乡情怀。

2022 年 8 月 2 日，是王祖健最累的一天。

这一刻，他正身披凯里市队 28 号战袍站在台盘篮球场上，汗水从前额落到眉毛上，又划过脸颊，顺着脖子一直往下，最终打湿了衣襟。他大口大口地喘着粗气，感觉视线有些模糊，所有的场景仿佛介于现实与梦幻之间。他身后的呐喊声排山倒海，一阵又一阵，他不由得定了定心神："坚持住！一定要坚持到底。"

这里是贵州省"美丽乡村"篮球联赛黔东南赛区决赛的现场。

仅仅在一个多小时之前，王祖健所在的凯里市队在半决赛中战胜了雷山县队。比赛打得又快又猛，为了进入决赛，双方都展开了殊死搏斗。当凯里市队最终拿下半决赛的时候，高兴之余，王祖健与队友、教练们根本没有仔细想过这一个小时后的"背靠背"比赛意味着什么。

“之前村里面打球，也经常连着打，想着休息休息就好了。所以，对于这间隔一小时的赛制，大家都没有太计较。”说话的是凯里市篮球协会秘书长文小波。作为上届黔东南州篮球比赛的冠军，凯里市队的实力自然不容小觑。

在文小波的眼里，这支凯里市队尽管组建不到一个月，但每个队员都能打，都有自己的技术特点，根本不存在首发队员和替补队员之分。“如果体能在线，正常发挥，与黎平县队肯定有得一拼，说不定还略占上风。”

但比赛的激烈程度、队员们体能下降的速度超乎人们在赛前的想象，随之而来的命中率下降与攻防转换滞后，对于凯里市队来说，几乎是致命的。

大战一触即发，凯里市队持球进攻，一次3分不中，攻防转换后，身披黎平县队黑色战袍的9号球员，在罚球线附近两分命中。换凯里市队进攻，再一次3分不中，黎平县队抢到篮板，迅速组织反攻，在同样的位置，2分命中……几个来回后，黎平县队便以速度和命中率控制了场上局面。开场没多久，距离上一场半决赛已经3个小时的黎平县队，很快展现了休息时间更长的优势。6∶14、6∶16，当凯里市队把分差缩小到8∶16，黎平县队又很快凭借篮下强悍的身体素质把比分扩大到8∶20。

为了克服体能的不足，凯里市队只能加大换人的频率，每个球员在场上的时间为三四分钟。

王祖健依然觉得抬不起胳膊，迈不开腿。在现场观众巨大的“呜呜”声中，他觉得自己的动作开始变形。再看对手黎平县队，对方也深知他们的软肋所在，拼命地在篮下发起各种挑战，制造犯规。

图5 🏀 两队比赛 （姚顺韦/摄）

第一节结束，凯里市队以 15:29 落后于黎平县队。第二节比赛开始，凯里市队率先得分，短暂的喘息让他们一度将比分缩小到 10 分以内，20:29、24:33。但黎平县队依旧掌握主动权，最后就连现场解说员王再贵也遗憾地说："今天凯里队啊，投得不是很准。对方打一个得一个，打一个得一个。"

中场休息的直播镜头，始终对准凯里市队，教练不断地与队员们沟通着场上的技战术。事后文小波说："所有的技战术都用了，该换的人都换了，无法阻挡体能的断崖式下降。"疲劳到极点，支撑凯里市队队员们依旧站在场上的动力是什么？

王祖健记得，2021 年夏天听说省里面要举办"美丽乡村"篮球联赛时，村里的年轻人都特别高兴。按照赛制，参加比赛的选手必须是贵州农村户籍，也就是说，必须紧扣“乡村”二字。“这是给我们的比赛吗？”如此高规格的乡村篮球赛，让王祖健和小伙伴们奔走相告。

王祖健的老家舟溪镇，位于凯里市西南方向的一片谷地里，距离中心城区 40 分钟车程。从凯里南站出发，沿着开阔的银桂大道，途经凯里云谷田园生态农业公园的农场、温泉、度假村，依山傍水的小镇便闪耀在道路的尽头。路边是新修的民房，但更远的山坡上，还保留着苗族吊脚楼，山谷间的坝子与清水江的支流，在这里勾勒出岁月静好的田园画卷。流水潺潺、古木参天、层层叠叠，真真是桃花源一般的存在。只是在当地人眼里，这些都是黔东南再寻常不过的乡景。

在凯里，舟溪镇算得上“篮球之乡”，过去曾出过多位专业篮球教练。在这次组建的凯里市队里，王祖健、吴如弟、吴懿等 6 名队员都来自舟溪镇。他们记得，某一日，镇里郑重其事地举行了选拔赛，由老一辈的篮球高手当评委，最终组成了 12 人的舟溪镇代表队。从乡镇到县市再到市州一级，舟溪镇代表队经历了 6 场鏖战。

“没有循环赛，所以每一场都事关生死，每一场都是全力以赴，打得异常激烈。大家唯一能做的，就是把握机会、减少失误。”最终，在贵州省“美丽乡村”篮球联赛黔东南赛区凯里市的选拔比赛中，舟溪镇代表队获得了第一名。

按照赛制有 6 名球员可以直接进入凯里市队，代表家乡出战。胜利，皆是靠汗水、技术和智慧协同，对王祖健和队友，乃至舟溪镇，这是莫大的荣耀。

如今，为了家乡的荣誉，王祖健和队友们当然不甘心就此作罢。凯里是黔东南篮球一贯的王者，而“我们舟溪的篮球精神还是比较拼和猛的”，身披凯里市队21号战袍的老将吴如弟说。

吴如弟口中的“拼和猛”并不是使蛮力，而是有勇有谋，需要非常高效的协同性。作为队里的老大哥，吴如弟是镇上的专职消防员，平时对后生们说得最多的一句话就是：“勇敢一点。”毕竟，在瞬息万变的球场上，该出手时就出手，不要犹豫，如果投不进，大家一起想办法。

篮球从来都不是一个人在战斗。舟溪镇舟南村村委会门口，有一片篮球场地。从过去的泥巴地到水泥地再到如今带顶棚的灯光篮球场，吴如弟、王祖健、吴懿……都是从孩童时就在这里摸爬滚打，留下了太多回忆。

“看长辈打、看比自己大的哥哥姐姐打，然后自己也想试试，不知不觉篮球就成了生命中不可分割的一部分。”吴懿就是看着吴如弟打球长大的。以前自己打得不好的时候，常常会被球场上的前辈们提点、训诫，这算是舟溪镇篮球发展的“传帮带”。后来，吴懿以篮球特长生的身份进入黔东南最好的高中。

在台盘比赛的那天，吴懿记得，吴如弟也在场上这样大声喊道：“勇敢一点！不要放弃！坚持住！”

吴如弟的皮肤黝黑，肌肉紧实，如果蹲在田坎边，就是中国千千万万辛勤劳作的农民形象，但换上消防服，他就是训练有素的消防战士。

他和文小波曾经是队友，但时过境迁，吴如弟还站在球场上，为了能够参加这样高强度的赛事，他的生活非常自律。在他看来，篮球运动员最重要的是保持身材和体能，还有就是打比赛时要多学习别人的长处。

看得出来，吴如弟是一个喜欢琢磨的人。比如坐在场边观察每个球员的技术特点，分析打法，回到队里再根据实际情况想出对策。“吴懿组织进攻，王祖健多拿分，我负责篮下。”危急时刻，吴如弟认为大家只要相互递个眼神，就知道怎么做了。凭借着这份“拼和猛”，凯里市队在第三节打出一波小高潮，将比分追至59∶63。

这就是篮球，荣誉、竞技、协同，活在当下，使出细胞级的力量，把每一滴汗水，都当成最后的王牌奋力甩出去……这就是“村BA”，为了脚下的土地，为了父老乡亲，他们必须拼尽所有。客观结果上的输赢反倒是第二位的，能够在每一个当下，全力以赴，彻底交付自己，完成自己，这本身就是奇迹，就是胜利。

二 胜利，就是创造极致

如果生命是棵大树，在其根部，有鲜活的血气、细胞级的元能。就此，生命本有的诉求，那些渴慕，那些动姿，亘古未变。

是的，篮球是圆的，地球也是圆的。生命的每一个细胞、每一袭温度，每一寸肌肤、每一道血气，都在寻找出路。那奔跑的身影，那向上飞跃的雄姿，无论出自谁，都是那么缤纷，那么令人肃然起敬。

极限来临时，运动美学与生命意志将会发生奇异的碰撞。“我”会在极限里升华，在极限里绽放智慧与胆气，在极限里呈现生命最大的可能。而泪水与喝彩，则是球场上的“醉美”诗意。若人领受过这样的诗意，便能拥有无悔的人生。

紧密的赛程给凯里市队带来了很大的体能困扰，场上局面始终被黎平县队控制。第三节比赛，凯里市队抓住机会、奋起直追将比分差缩小至 4 分。然而，对于占据体能优势的黎平县代表队来说，比赛真的就如同观众看到的那样顺利吗？只能说，不同的视角有不同的感知。

对于黔东南州所有地方篮球队来说，面对凯里市队时，都有莫名的心理阴影。此话不假，在 8 月 2 日的决赛前，凯里市队是黔东南州内比赛唯一的王者。

时间回到 8 月 1 日，深夜。翁你河边的喧闹已然散去，小城台江又恢复了夏日的宁静。黎平县队主教练吴传富躺在酒店的床上辗转反侧，脑海里一遍遍播放着连日来比赛的画面。这是吴传富多年的习惯，每逢关键赛事，他总会睡不着。

夜，只剩下蝉鸣，与窗外微弱的萤火。

胜算几何？怎样才能最大限度地靠近目标？这不仅要做到知己知彼，更要拿出全身心的热忱，做最好的自己。或许，从日常里那种不由分说的热爱，到重要赛事前的辗转反侧，都是“村 BA”的一部分。

从 2023 年 3 月开始，贵州省“美丽乡村”篮球联赛黔东南赛区的乡镇选拔赛就已打响。对于黎平县而言，经过逐级淘汰，最终从 60 多场比赛中精挑细选出 10 名球员，组成县代表队杀进了州内决赛。这支参赛队，有的队员住县城，有的队员住村里，聚在一起集训的时间非常少。

都说“三分天注定，七分靠打拼”。出征时大家并非剑指冠军，只是觉得应当拼尽全力做最好的自己。有意思的是，此后的小组抽签，仿佛冥冥中自有安排，给予了黎平县队充分的磨合时间——小组赛的对手为岑巩县队、锦屏县队、三穗县队，并非硬骨头，黎平县队均“以赛代练”，从中暴露出来的问题与队员的特点，被吴传富一一看在眼里。

33 号球员和 0 号球员，防守能力强，移动速度快，体力好；9 号球员在黔东南颇有名气，外界关注度高；还有 12 号球员机动性强，移动能力也不错，有终结能力……这样想了一夜，8 月 2 日天蒙蒙亮的时候，吴传富给助理教练姜绍波发了一条短信：“把队员们都叫起来，开个会。”

在这个临时聚集的酒店房间里，一夜未睡的吴传富没有半丝疲态，他把对方的情况，以及本队的战术打法讲得很透，可谓头头是道，句句在理，队员们听得聚精会神，收获满满。针对半决赛对手的特点，吴传富与姜绍波制订了两套全新战术，需要在最短时间内让队员们消化、吸收。

只有出其不意，方能出奇制胜。那天早上，黎平县队针对这两套战术，进行了临时调整训练，然后坐车前往台盘篮球场。

台江县台盘乡台盘村的这处篮球场，此前因为“六月六”吃新节的一场篮球比赛而火遍全网。这里动辄上万的现场观众，将比赛的氛围渲染得浓郁而热烈。身临其境后，黎平县队的一众队员算是有了真切的体会。篮球场位于村党群综合服务中心门外，三面阶梯式的看台，从第 1 级到最高处的 21 级都坐得满满当当，另外当街的那一面，则持续有观众从四面八方赶来，架梯子、站房顶、爬围墙，人山人海。

“太震撼了！就像电视上 NBA 联赛和 CBA 联赛的全明星赛一样。”球员们在场上的一举一动都会引发山呼海啸般的“呜呜”声，或紧张或有压力，大家在贵州省“美丽乡村”篮球联赛中，都要面对诸多人生中的第一次，既是拼球技，更是较量胆气。

半决赛对战的天柱县代表队，是一块硬骨头。天柱县队以中投命中率高著称，绝非弱旅。现场观战的黎平县文体广电旅游局局长唐大才认为，势均力敌之下，黎平县代表队取胜的关键在于“敢闯新路”，也就是吴传富清晨制订的这两套全新战术。当然，新战术的制订主要还是针对最后的王者——凯里市队。面对天柱，他们仅仅是小试牛刀。

杨林鹏是黎平县队的 35 号球员。在他的印象中，天柱县代表队很强，场上比分始终很胶着，直到最后三四分钟才分出胜负。比赛结束，顾不上决赛的对手是谁，杨林鹏和队友们立即返回酒店，吃饭、睡觉。由于半决赛和决赛是在同一天举行，他们要利用中间这 3 个小时的空当迅速恢复体能。与随即在他们之后进行的另一场半决赛对手相比，命运依旧在眷顾黎平。

3 个小时之后，杨林鹏睁开眼睛，舒展了一下身体，感觉满血复活。手机里传来消息，决赛对手和大家此前预料的一样——凯里市队。那就干吧！

决赛在台盘篮球场的一片沸腾声中鸣金开场。

针对凯里市队的体能问题，黎平县队制订了全场紧逼的战术。这是一种在对方的半场就开始实施人盯人的防守方法，无论在场上什么位置，都针对对手进行一对一贴身防守，当然这对于己方球员的体力也是极大考验。采取全场紧逼战术，一般都是当比赛到了第四节，两支球队的比分都咬得很紧，时间又不多的时候；又或者是到了第四节，一支球队稍稍领先，而时间已不多，要采用犯规战术的时候……黎平县队开场即如此，也是豁出去了。

“没有想过会赢，但走到这一步，必须拼尽全力。”吴传富说。比赛很快就进入了他预设的节奏中，开场没多久，场上队员火力全开，并以 10 分左右的优势控制局面，钳制着凯里市队队员的发挥。

“9 号在黔东南知名度高，会成为场上凯里市队预设的集中火力点，我们就用 9 号来牵制对手的防守力量，但整个战术却是以 33 号为得分核心……”

“注意换人的节奏，凯里市队的换人选择比我们多，但我们要逼得他们不敢换人。”

场上是球员们球技的较量，场下则是教练们的心理战。随着比赛进入白热化状态，队员们对于新战术的理解，已超出了吴传富和姜绍波的预期。胜利似乎近在眼前，令人难以置信。但“王者”凯里市队哪会轻易言败，比赛进入第三节后，随着黎平县队的体能也在下降，场上出现了不少失误，凯里市队抓住机会，一度将比分追到63∶67。

凯里市队追上来了，黎平县队员的心理阴影就来了。用杨林鹏的话说，当时的心情忽然有点慌。这个时候，场上需要有人站出来，带领整个队伍重新找回胜利的节奏。这个人是谁呢？

好一个9号球员吴安鹏，黎平县尚重镇务弄村人，国家二级篮球运动员，人称“小黎平”。比赛中，他与12号球员的一记精妙配合，2分命中，迎来现场阵阵欢呼。

凯里队进攻投篮不中，吴安鹏再抢篮板，传给0号队友伴攻，最终将球交到33号队友手中，2分命中。这个看起来行云流水的配合，打断了凯里市队原有的得分节奏，比分再次扩大为63∶74。现场观众也因为这一记赏心悦目的配合，再次发出“呜呜”声。

33号球员吴中庆，黎平县尚重镇尚重村人，他总会出人意料地出现在任何队友想要传球的位置，然后出手得分。紧要关头，他与吴安鹏的挺身而出，让队友们吃了一颗定心丸。第三节结束，63∶76，黎平县队又恢复了此前的比分差距。

第四节开始，凯里市队队员依旧十分顽强。不过当凯里市队发起快攻，黎平县队的回防速度更快，凯里市队把握机会投篮命中，黎平县队也丝毫不留余地。距离比赛结束还剩9分钟，现场观众的心情和台盘篮球场的氛围一起躁动起来，在夜晚二十多摄氏度的气温中，大家拼命扇着扇子，焦急地等待着。

吴中庆的稳定发挥，被现场解说员王再贵认可：“每一颗子弹都没有浪费，枪枪打在对手的身上。

67:84、79:90……凯里市队也开始采取紧逼战术，在激烈的拼抢中，两名黎平县队队员5犯离场，局面变成9人对15人（这里包含了可替换人数）。尽管黎平县队看似胜券在握，但如此激烈的比赛，依旧不敢有半丝掉以轻心。时间在一分一秒地流走，5犯离场的杨林鹏直言“最后5分钟坐在场下，不敢再抬眼看比赛”。

距离全场比赛结束还有3分46秒，凯里市队与黎平县队的比分为79:92；距离全场比赛结束还有2分11秒，凯里市队与黎平县队的比分为79:96；距离全场比赛结束还有1分钟，凯里市队与黎平县队的比分为83:100；距离全场比赛结束还有46秒，凯里市队与黎平县队的比分为85:102。

加油！加油！加油！旋风一般，呼喊声一浪高过一浪。

吴中庆依旧在带球突破，凯里市队依旧在不断出手，进攻到最后一秒，防守到最后一秒，不管输多少分，不管赢多少分，这一夜所展现的贵州黔东南的篮球文化——“拼搏”，赢得了所有现场观众与直播间网友的尊重。

最终，黎平县队以102:85，战胜凯里市队，获得了贵州省“美丽乡村”篮球联赛黔东南赛区的冠军，这是一个历史性的突破。对于黎平县队，战果比预想的大，因为场外的欢呼，也可能是因为体能过度的透支，这一刻的喜悦几乎伴随着战栗，脸上已分不出汗水与泪水……

“这是黎平县队首次在州内篮球比赛夺冠。”在唐大才口中，那一晚，在这个位于贵州东南边陲的小城里，几万黎平人备受鼓舞、彻夜未眠，大家走上街头谈论着这场胜利。血脉、血性，山水与人群，谱写着醉人的乐章。“我们黎平人还是能行的！能行的！”这样的声音，久久回响在8月欢愉的夜空。

这场比赛得到了全国媒体乃至社会各界的广泛关注。澎湃新闻记者现场体验“村BA”，因为连站的地方都找不到，被一层层人浪挤出了看台。

8月11日，中国篮球协会主席姚明在接受媒体采访时表示，如果有机会的话，非常希望去现场体验贵州乡村篮球赛热烈的气氛。他认为，“村BA”除了篮球比赛本身，还聚集了十里八乡的乡亲们，包括场上极具民族特色的表演，“它像一个小型盛会，我觉得不能简简单单地用一场篮球比赛去评价它”。

从现象上看，“村BA”火速在各大互联网平台冲上热搜，如同旋风般狂野，一时全天下都在为之动容，为之喝彩。本质上，赛事与民族文化、地方群众高度融合，形成了乡村体育、文化、旅游、农业全面发展新格局，对促进城乡交流和互动，推动经济社会发展大有助益。

事情的偶然性，让人心醉，事情的必然性，更让人沉思。一场乡村篮球赛，缘何释放如此大的能量？我们还要从此前台盘村苗族“六月六”吃新节的另一场篮球赛说起——在笔者看来，不断发现，讲述，传播，就是对“村BA”最丰盛的献供，同时也是对地方经济社会的发展最好的“助攻”。

三 制造『导火索』的姚顺韦

有时候，用心做事的人，用情生活的人，老天爷终会眷顾他，让他的光，被所有人瞥见。比如姚顺韦。有人说，“村BA”能火出圈，姚顺韦就是那个制造“导火索”的人。

这的确是一次奇幻之旅，“村BA”与姚顺韦，注定会相互照见、相互激发。为此我们可以确信，在这个时代，乐意分享与传播的人，或许就是为大山深处的某一道地平线带去了光亮的那个人。

没错，贵州90后小伙姚顺韦干了件大事情，这是他此前30年的人生不曾想过的。

2022年夏天，拍摄完一场赛事的姚顺韦，又一次地昼夜颠倒，在自己的车子里揉开惺松的睡眼，还顺势伸了个懒腰，随即他发动汽车、踩下油门，准备驱车飞奔回贵阳。车后排座位的行李包里，有前一日的拍摄素材。

那里面，有排山倒海的“呜呜”声，有场上不停跑动的身影，有乌泱泱的观众，有跳舞的锅碗瓢盆，有姚顺韦在别处没有感受过的一幕又一幕。仿佛来自某种神秘力量的“提醒”，姚顺韦隐隐觉得，他所见到的一切，有一种牵动人心的“与众不同”——这种感觉似乎有点不由分说。半日之后，他将精心剪辑后的视频，发布到了抖音上。

不出所料，一切都那么顺理成章，甚至比姚顺韦想象的更加迅疾。仅仅半个小时后，他就接到了媒体的采访电话。

7 月 22 日，外交部发言人在网络社交平台上发文配视频为其点赞。姚顺韦所拍摄的贵州小山村里的篮球比赛，忽然以迅雷不及掩耳之势在互联网上发酵，被机智的网友按照 NBA、CBA 的命名规则，亲切地称为“村 BA”。

在不断地搜索挖掘中，网友们惊讶地发现，大山深处的村级篮球比赛，居然有 6 个持证裁判员，比赛场地还是灯光球场，加油呐喊的方式竟然是锅碗瓢盆，如此接地气，却又不失“国际范”。随之而来的媒体关注，如风吹麦浪一般，一浪接着一浪。

对于单枪匹马捧红一场赛事，姚顺韦直言自己还是平凡的自己，生活也还是普通的生活，只是多了些过去没有的思考。

“像我们这样的普通人，出身农村，出来闯荡全靠自己。”

在发布“村 BA”视频之前，姚顺韦并非抖音大 V，他所创办的账号只有几千人关注。但通过“村 BA”，姚顺韦觉得，这个时代给了普通人无限可能，只要在某个领域足够努力，就会被大家看到。平淡的生活忽然打下一束光亮，不仅带来喜悦，也带来心智的成长。

“村 BA”火了之后的农历虎年最后几日，姚顺韦穿着一身红色冬衣与妻子李梦云一起出现。他们是青梅竹马的同学，从小学到初中再到高中，在贵州黔南惠水那方小天地里，度过了青葱懵懂的少年时光。说起小时候，李梦云觉得姚顺韦太顽皮，尽管成绩好，但下课就变“坏学生”，总是欺负自己，如今却长成了值得依靠的男人，“遇到事情办法多，有想法、有能力”。她羡慕能够把兴趣爱好变成生计的人。

在姚顺韦离开家乡前，对于把兴趣爱好变成生计，他其实并没有什么想法。2012 年，他前往北方民族大学学习摄影，但大学的理论课堂并没有抓住姚顺韦，他更偏向于摄影技术的研究与表达，喜欢实习、兼职，跟着有经验的前辈学习拍摄技巧，在实践中摸爬滚打。2016 年，大学毕业后的姚顺韦回到贵州，成为系里为数不多的想要将摄影作为职业的学生之一。

“先是在贵阳的传播公司里拍活动、跟婚庆，又到长沙和厦门去闯荡了一番。”2019 年，再次回到贵阳的姚顺韦与几个朋友一起开了间摄影工作室，准备在活动、婚庆、宣传片的领域大展拳脚。多年的实践积累，让姚顺韦逐渐有了自己的拍摄偏好：“喜欢纪实风格、有人间烟火气的片子，如果有时间，想多拍一些这种类型的作品。”

在工作之余，姚顺韦总喜欢出去走走。在李梦云看来，周一自己上班，丈夫就背上设备出门了，需要等到周五的时候，再把他催回家来，如此循环往复，却也相安。2022 年，姚顺韦在黔东南榕江为某家具品牌直播带货，中间有一日没有拍摄任务，便去邻近的村子里转了转。这次探秘让他大为惊讶，那些在老家已经消失的村寨景观，在 100 千米外的黔东南竟然还完好保留着。那些木头搭建的房子、密林，还有梯田，那些歌声，那些笑脸，那里的一切……就这样，姚顺韦心中有了一个村寨行走计划。

在贵州东南部，巍峨的苗岭绵延千里，将长江、珠江两大水系分割开。主峰雷公山是苗族大迁徙路途上最重要的聚居地。曾几何时，山有连天之高，不见通途，相传是雷公居住的地方。这是一次与世隔绝的定居，群山排斥了汹涌不息的历史演变，却也保护了不同天地间的文化传承。

2022年6月，清水江边的苗族同胞，计划举行一年一度的独木龙舟节，姚顺韦也闻讯赶去。为期3日的比赛在台江县施洞镇举行，龙舟用长木制成，首尾皆具，施以饱满的彩色，荡漾波心蜿蜒有势，能容纳二三十人。据了解，独木龙舟最宝贵之处，在于保存了相当鲜明而完整的传统轨仪——从制作龙舟起，到每年的龙舟下水、出发比赛前及赛后吃“龙肉”，都有强烈的祭祀性；龙舟棚的位置旁边，常可见到小小的土地庙。

在姚顺韦眼里，颇为独特的还有划着龙舟到各村寨，通知

图6 独木龙舟节 （姚顺韦/摄）

亲戚们送来鸭鹅猪牛的“接龙”仪式。比赛前，一艘艘龙舟在鞭炮声中划到沿途岸边码头，接受本艘龙舟所代表的姓氏或村寨联姻的亲家来人的送礼和敬酒。这时，船上的执桨者们会表演花式划船，并对岸上围观的群众撩拨挑水花，霎时珠帘翻卷，欢乐十足，让人觉得离自然更近的地方，大家活得更本真更简单，人们的快乐指数更高。

就此种种，姚顺韦开始思考，在不同的拍摄点位上如何展示独木龙舟节的特有氛围，每个点位上都必须有施洞镇独特的标志。

短桡激水，行走如飞。在3天的时间里，姚顺韦希望把所看到的一切尽量展示出来。他在短视频的文本中写道：“2022年6月25日，台江施洞独木龙舟节决赛落下帷幕。让我们目睹了一场充满力量、速度、激情、团结、坚持不懈的龙舟竞赛视觉盛宴。期待2023年再次相聚！”

并没有做内容产品的垂直细分，姚顺韦对自己抖音账号的定义，更多是个“朋友圈”，希望将自己所领略的贵州风光、风情、风物分享出去。

都说分享是一种美德，姚顺韦的独木龙舟节视频很快在台江人的朋友圈里传播开来，随即接到宣传部门的电话……他嘀咕着没想到自己的分享会引起这么大的反响。更让他意外的是一则来自浙江的私信，也正是这则私信，为姚顺韦打开了一个更广阔的世界，也预示着贵州充满民族风情的黔东南，此后会以“村BA”这样的“爆点”，再次得到全世界的热爱和关注。

“有个专门从事对外传播的浙江人，问我能不能转发独木龙舟节的视频，他希望对外展示中国的民族风情。”姚顺韦同意了。独木龙舟节的视频在国外网络社交平台上一经发布，外交部官方账号很快关注并转发。

那段时间，随着夏季插秧结束，为了预祝丰收，黔东南节日密集。独木龙舟节之后，苗族同胞很快又迎来了一年一度的“吃新节”。在台江，从农历六月到八月，不同支系的苗族同胞分不同的时间过节，在赶场天举行规模不同的斗牛、踩鼓、游方等传统民俗活动。姚顺韦是在“抖音”上无意间刷到了在“吃新节”期间会有篮球比赛直播的信息，这让从小就喜欢打篮球的他格外关注。

“这个地方的篮球比赛，怎么半夜还在打，现场有这么多观众也大半夜坐在那里看，怎么不回家？”姚顺韦在行走村寨时，听说过黔东南的“天亮文化”，如今看来确实有意思。于是他一连关注了好几天，最终决定在决赛当天到现场一探究竟。

记得有人说，如果一个人灵魂有趣，或灵魂有智，或兼而有之，他一定会得到命运的眷顾。这一刻，姚顺韦并未想过，一场大山深处的篮球赛事，竟与他有一种不可思议的“量子纠缠”……

7 月 20 日早上 11 点，姚顺韦驱车从贵阳出发，没过多久，黔东南层层叠叠的山地风光便在眼前铺展开。青山相待，白云相爱，阳光宛如魔毯，闪闪发亮，在林梢之上快速移动，偶见袅袅炊烟，为这片高远的天地增添了人间的安详与温馨。一路都是如画的美景，一路都是好心情。当“天下苗族第一县台江欢迎你”的巨幅招牌出现在路边时，姚顺韦这才发现自己又来到了台江。

台盘村几乎是一下子出现在公路边的。320 国道修通后，这里距离台江县城 20 分钟、州府凯里市 18 分钟，区位优势凸显，也使得台盘村的“吃新节”乡场远近闻名，人潮汹涌。姚顺韦赶到的时候，车辆已经排到了大路边。把车停好后，他顺着山路往上爬，只见一行出嫁的女儿们抬着粽粑，回娘家探望父母兄弟，有人头上戴着花，有人头上包着帕，最让姚顺韦印象深刻的，是她们的银项圈和手钏在耳边碰撞出清脆的声响。

苗族银饰，无疑是贵州特有的一张文化名片。无论是佩戴者，还是制作者，内心仿佛都有着这样一种诗意的表达：“我的心是这器物，我的光阴是这器物，我的风景是这器物……”从某个角度看，手工银饰既是饰品和财富，也是史书，更是族群凝聚力的生动展现。

苗族银饰对其民族曾经征战和迁徙多有反映，无论帽子、项圈、挂牌，还是围腰和吊饰等，时常都配有响铃——在叮当作响、起伏不断的铃声中，一种独有的族群识别与凝聚力随风播撒，翻过一道道山，蹚过一条条河，前呼后应，从不失散。

如果单从乡镇面貌上来看，台盘村和姚顺韦的老家差不多，但因为节日忽然从四面八方涌现出银灿灿的行头，确实让人有些应接不暇。过节亮行头，过节上才艺，过节打篮球，过节要斗牛，白银、刺绣、蜡染、山歌、芦笙，鲜活的身影和面孔，简直就是一片缤纷的海洋，真的会让人觉得人间值得。

作为摄影师的姚顺韦，即刻满血复活，下意识咔嚓咔嚓按起快门，还没等他拍够，台盘村党群综合服务中心门外传出一阵欢呼声。“就是这里了！”姚顺韦暗暗想到。

作为一名篮球爱好者，他从没见过这样的阵仗：一个村级篮球比赛，不光有男子组，还有女子组、少年组、老年组，现场聚集的观众数量更胜于一场职业比赛，真正做到了全民参与，最关键的是，赛事日程的安排不分昼夜……这实在让人难以置信，姚顺韦简直是大开眼界。

此刻，台盘村近年来篮球比赛的组织者，台盘村篮球协会会长岑江龙，正戴着黑眼圈站在场边维持秩序。37 岁的岑江龙身材高大，穿着黑色的短袖和长裤，在人群中显得很挺拔。

今年比赛前，台盘村篮球协会在抖音上发布了视频预告，前来观战的外地人比往年多了不少。下午 3 点的时候，可以容纳上万人的台盘篮球场已经坐得满满当当。

民间活动能够自发管理好现场这么多人，这样的赛事组织也给姚顺韦留下了深刻印象。都说世上无难事，只怕有心人，或许这就是民间赛事的魅力，也是“村 BA”得到追捧的资本吧。

站在数万名观众中间，姚顺韦这才发现自己的渺小。他有些后悔只随身携带了一架无人机和一个长焦镜头。但又能怎么办呢？再说了，想要用镜头记录决赛盛况，事实上是心有余而力不足，现场挤得动也不能动，很难找到一个合适的拍摄位置。

这边村里的比赛对抗激烈，就像黔东南家喻户晓的斗牛比赛一样，人们借用斗牛比赛的加油方式，在现场发出低沉却不可忽视的“呜呜”声。在姚顺韦抓拍的一个长镜头里，观众的头一直跟着球走，十分投入。他身边那位带着两个孩子的妇女，因为一个孩子已经在背篓里熟睡，身子就只顾往姚顺韦身上靠，让他有些尴尬。

人群中忽然出现了一阵骚动。有人因为抢位子而争吵，相持不下后居然把目光落在举着镜头的姚顺韦身上，说：“小兄弟，你要拍球，你来前面坐。”就这样，姚顺韦忽然占据了场边第一排的有利地势，只是也要缩着脚，一直蹲在那里。不过姚顺韦依旧庆幸自己去得早，勉强还算有坐的地方，后面来的观众只能靠架梯子、站房顶、爬树观看比赛。

男子组决赛在“晨清足道”与“老场坝”两支队伍间展开。在姚顺韦看来，颇为新鲜有趣的是村级比赛也能拉到赞助，他听四下里人们议论比赛看点——两支队伍的作风、当家“球星”……一种奇妙的感觉油然而生。

夕阳西下，晚霞满天，现场观众的情绪也随着比赛的节奏潮起潮落。待月挂高空，雷公山被夜色笼罩，沉入一片寂静中。而台盘篮球场，依旧灯火通明、人声鼎沸，巨大的“呜呜”声推动着每一次高潮迭起。

决赛从 20 日下午 2 点持续到 21 日凌晨 5 点，这是黔东南特有的“天亮文化”——唱歌跳舞到天亮、斗牛到天亮、打球到天亮。

这真是来自时间最奇妙的洗礼，脚从麻了到不麻，又从不麻到麻，姚顺韦在赛场周围艰难地腾挪着，不敢喝水，更不敢上厕所，因为稍微挪出一个空缺，就马上会被不知疲倦的人流填满。

他想通过自己的镜头，把这样的台盘篮球场传播出去。如此热烈的赛场氛围，他是头一回遇见，说不准篮球这项现代体育运动与大山里的古老民族正在碰撞出绚丽火花。心怦怦地跳动，篮球砰砰地跳动，姚顺韦一直坚持到朝阳在群山之间勾勒出好看的金边。散场之后，他拖着疲惫的身子回到车里倒头就睡。

图7 “村BA”现场 （姚顺韦/摄）

他的梦境里依旧有“呜呜”的声音，有投篮命中的豪迈，有力量和速度……他不敢多睡。在 7 月 21 日完成了视频的剪辑和上传，并在视频下敲出了这么一行字:“黔东南台盘网红篮球场，不怕对抗你就来，想体验凌晨还在打比赛你就来，明年再战！”

“村 BA”缘何火出圈，或许并没有一个完整而精准的答案。世上总有一些事物，你越想精确解析它，它就越飘忽。就像传动中的篮球，你想封住它时，它却忽地旋转起来拐个弯，有着不确定的去向。当然，围绕“村 BA”，不同的人，不同的视角，有不同的故事，想必这也是“村 BA”的一种传奇——它的光阴与故事，注定要相互滋养。

“村BA”的前世今生

换一种视角看，城市与乡村的距离，更像一个谜。它时而烟火气，一个导航就来了，是现实主义；时而不可捉摸，是神秘主义。它的远和近，完全是超预判的一种存在——你感知不到的，就等于不存在。

篮球运动，只是一种载体，一种符号。就如“村 BA”的出圈，只是不同场域、不同文化的一次“愉快合作”。大山、苗乡侗寨、篮球、世界、民俗和流量，忽然欢聚、碰撞、发酵，为我们凡俗的日子带来了光亮，带来了振奋。其间，不仅蕴含着人类文明进程的密码，还典藏着大山深处的人们不断前行的足迹和故事。

寻找“村 BA”的故乡，所赠予人们的始终是一场难得的快心之旅。

从贵阳驱车约两个半小时，等到“中国‘村 BA’圣地·天下苗族第一县”的招牌出现在高速公路上，台江就到了。据统计，这里的苗族人口占比达到98%，分为9个不同的支系。“村 BA”的发端就是该县台盘乡台盘村苗族“吃新节”的篮球比赛。

贵州的乡村有灯光球场？贵州的乡村有篮球联赛？他们居

图8 清水江风景　（张奎/摄）

然可以氛围这么好地打通宵……这一个又一个追问，让贵州“村 BA”成为文化现象。于是，站在光阴的大轴上，当我们把镜头放大，去探究篮球这一现代体育运动是如何扎根贵州乡土时，奇妙的事情就发生了。

一 客从清水江上来

因为大山的阻隔，清水江披着神秘的面纱。

作为贵州第二大江，清水江是长江上游重要支流，她的通航历史，至少可以上溯到两千多年前的战国秦汉时期。

对于喀斯特地貌特征明显的贵州来说，清水江流域是难得的“鱼米之乡”。这一区域，是中国重要的少数民族聚居区，流域内的雷公山麓周边区域和清水江下游地区，分别是全国最大的苗族、侗族聚居地。此外，自古在此流域内居住的还有仡佬族、水族、布依族、土家族、瑶族等少数民族。

这是一个由山岭、林地、梯田构成，由一条江串联起来的多民族聚居地区，在历史上，少与外界接触。时至今日，在黔东南的官方宣传中，仍自豪地称之为“神秘之地”，只因其不光保持着自然界和文化上的“原生态”，同时当地的少数民族民间社会组织形态，在不少文化学者眼中，与“老子、庄子、陶渊明的社会理想略有接近”。

《后汉书》载：“初，楚顷襄王时，遣将庄豪从沅水伐夜郎，军至且兰，椓船于岸而步战……以且兰椓船牂牁处，改其名为牂牁。”发生于公元前 3 世纪的“庄蹻入滇”事件，让贵州第一次进入了国家力量的视野里。根据记录，清代有学者认为，庄蹻“从沅水”就是循清水江溯流，经今天的天柱、锦屏、剑河到重安江坌河，直至古且兰国腹心地带“椓船于岸”。

林芊是贵州大学历史系教授，由他主笔完成的著作《明清时期贵州民族地区社会历史发展研究——以清水江为中心、历史地理的视角》，第一次全景描绘了清水江流域的开发进程。在书中，林芊直言在“庄蹻入滇”事件后的一千多年时间里，清水江流域都只是因中央王朝南征的重大军事行动而被旁及，并不是国家直接建制的目的地，更非本地经济社会发展的结果。这种情况持续到明代。

1413年，明永乐十一年，贵州建省。这使得中央王朝的影响开始从之前的边缘地带向清水江流域内扩散，直至清王朝对具有“地方自治”色彩的土司制度彻底罢废，实施“改土归流”，在清水江流域的苗族聚居区奠定了三府一州（黎平府、镇远府、都匀府、平越州）的大格局。

其中镇远府下辖镇远县、施秉县、天柱县、黄平州、台拱厅（即台江县）、清江厅，东西广一百二十里，南北袤四百二十里；黎平府面积东西广四百七十里，南北袤四百三十里，即今天的黎平、锦屏一带。在“改土归流”和开辟“苗疆”后，大量汉族移民融入，由此推进各民族相互交往交融，形成了原住民文化和汉文化共荣共生的一道独特风景。

说到这里，你也许会好奇这些历史铺陈与今天的“村BA”有何关系？这是因为有学者调研发现，台江县台盘乡台盘村，起初并非少数民族的聚居点，它被称作“台盘屯上”。在村中94岁老人李光发的回忆里，台盘屯上作为汉族聚居点并不过“吃新节”，这是山下巴拉河两岸苗族村寨的节日，但因地处乡镇中心、交通要道，过去有“水边过节，台盘出钱”的说法。

明清时期的清水江流域，由于屯田制度推行，新的行政建制得以实施。伴随着屯田过程，汉族移民加速了清水江流域的人口递增，“改土归流”后的少数民族村寨，也逐渐纳入区域社会生活之中。于是屯田和村寨一体化的进程，造就了清水江社会生活中的新景观，即新居民点星罗棋布地散落在流域内各地，农村集市出现、水陆交通不断开辟，少数民族村寨日益向城郊聚集。

通过《黔南识略》一书，可以大致反映出这种渐变，首先是交通的开辟，除清水江航道外，陆路交通也得到开辟：“施秉县设置偏桥驿，其中有一条路由心窄至胜秉达清水江台拱；在黑苗向称九股苗的凯里县丞，四隅有大道。台拱厅道路东由番陇羊、塘东至清江朗洞、古州，西通丹江、凯里、清平，北达胜秉、镇远、黄平，俱为通衢。”

交通的开辟，促进流域内集市兴起，使得清水江流域的原住民从较为原始的社会生活，迈上了成熟的农业社会轨道。这种变化不仅在农业生产方面，更重要的是商业活动也在清水江流域发展起来，尤其是明代中后期，在清水江下游天柱、黎平等地区开始采伐“巨木”而日益发展起来的林业生产。

边地淳朴的民风，物美价廉的“巨木”，以及清水江流域的便利交通，吸引了省外客商络绎而至，从而在这边远的少数民族山区开拓了一个不断壮大的木材市场。也使得生活在这里的少数民族开始略通汉语、读汉书，当时少数民族和汉族在清水江流域的交往半径，仅为数里的间距。

基于以上，篮球当然就是“外来客”了。篮球是随着清水江的商贸兴起传入黔东南的。它先是抵达了镇远，后顺流而下出现在台盘。这个“外来客”在台盘非常受欢迎。透过历史的长河看，或许这就是“有奇缘”。就如这里注定要有“村 BA”。

“我记得六七岁时，看到比我们大一点的有钱人家娃娃，抱着一个圆圆的像南瓜样的东西，在坝坝里抢来抢去，你追我赶，好不热闹。”在李光发的记忆里，时间久了坝坝里参与玩乐的人慢慢多起来，有时家长们也来凑热闹，鼓掌为自己的孩子加油。于是一种新的游戏——“打球”，在清水江腹地偏远的小山村里诞生了。

我们追问着篮球这一现代体育运动，如何远渡重洋、翻山越岭，在中国最偏远的山区落地生根、开花结果。其间很多时候，内心里会滋生一种感慨、一种敬畏，仿佛看到了光阴深处，人类历史故事里的沧桑与荣光。

有一点可以确认，篮球进入台盘屯上的时间大约是 1936 年。

据《台江县志》记载，1936 年，在镇远、贵阳等地读书的台拱县学生，利用假期在城关街门修筑了一块不规范的篮球场，随后政府扩建为体育场地，这就是台江的第一块篮球场。当年 10 月 10 日，台拱县举办了第一次现代体育运动会。

1940 年，台拱县改为台江县。1949 年末，全县已建有 8 个篮球场。1957 年，台江举办首届农民运动会，比赛项目有篮球、田径、马拉松等，参赛代表队 18 个，运动员 356 名。1965 年，台江县召开第二届农民体育运动会，其中参赛篮球队达 21 个，篮球运动员达 384 名，以篮球为代表的乡村体育发展势头良好……

仿佛程序编码的预制一般，在光阴的大轴上，这片古老而神奇的土地，因为篮球的到来，注定要和远方发生关联，注定要向世界打开自己，注定会变成“村 BA”。

二 “吃新节”和篮球梦

深秋的黔东南，峰峦重叠，色彩斑斓，深浅不一的绿意中，更有着各种色系的植被混杂其间，尤其是一些黄色红色惹人喜爱，所谓秋色如画，大概就是这种感觉。

山脚下，巴拉河水静默不语，始终如一地滋养着这方土地。台盘村距离台江县城20分钟车程，距离凯里市18分钟车程，可北上镇远县，南下雷山县，交通十分便利。

区位优势和民俗风情，叠加移动互联网，被认为是台盘“村BA”能够聚拢观众，成为焦点，并产生巨大流量的重要原因。

台盘村位于乡镇中心，经过一段主街继续爬坡上山，忽然就听人说：“篮球场到了。”仰头看去，不免发出“哦，这就是台盘篮球场”的感慨。

只见蔚蓝色的看台一阶一阶修到空中，时不时会有人出现在最顶层，画面颇为奇妙，爬上去才发现原来看台依山而建，上面竟是一个开阔的生态停车场，没有比赛时也可以作为集市使用。这时手机铃声忽然响起，电话那头，80岁的陆大江执意要在村子里转转。

陆大江头发和胡子花白，时光的痕迹，仿佛就蕴藏其间，那一脸的皱纹，更是透出几许沧桑，不过浓密的毛发让他看起来挺健朗、矍铄。作为“吃新节”篮球比赛发展的见证者，陆大江忽然从口袋里掏出一个毛线包裹的棉布球，在地上展示了一下弹性，说：“过去没有篮球的时候，大家就是用它来打。”

这样的“宝贝”展示一下，很快被收回兜里，整套动作可谓一气呵成，让人确信大爷年轻时在球场上有副好身手。

“我要带你去看看以前的老场地。”顺着台盘篮球场对面的一条巷子走进去，没过多久老球场便出现在眼前。如今木质的篮架已经拆除，只有地上的标记线述说着过往。

“吃新节”是苗族同胞预祝丰收的节日。

李正奎是台江民族中等职业技术学校督查室主任，也是台盘人。自从“村 BA”火了之后，年过半百的他就谋划着把“村 BA”写进村志，用文化的形式激励后人。在李正奎的调研中，台盘屯上是当时十里八乡“赶场”的地方，“吃新节”前第一场叫“娃娃场”，是父母带小孩买新衣服、新鞋子迎接节日的到来。

“吃新节”后第二场叫“大人场”，主要是成年人走访、交友、交流和看热闹的活动时间，内容有“游方”对歌、赛马、斗牛、踩芦笙、踢毽子、吃美食等。后来，为了让父老乡亲掌握活动举办时间，经寨老同意，村里青年人把每年“吃新节”后“赶场”日定为活动开始时间，也称作“六月六”活动，期限一周。这个惯例一直沿用至今。

为了丰富节日活动，台盘屯上的年轻人自发组织了篮球赛。大约在 1944 年的“吃新节”，第一代台盘篮球人诞生了。不过当时的年轻人只是借参加活动之名走乡串寨，谈谈恋爱，混一顿饱饭，参赛球队很少，观赛人也不多。

在陆大江的记忆里，台盘村“吃新节”真正的篮球比赛，兴起于二十世纪五六十年代。中华人民共和国成立后，村里有了学校，到外面去读书的年轻人也多起来，外面传来的新信息也多起来，当时村里会打球的青年有六七个，一来二往便组成了固定球队，大家开始向周边有“屯上赶场”的地方贴海报、搞宣传。参赛的球队由原来的五六支发展到十五六支，逐年增加，看球的人也越来越多。

当时的生活条件并不算好，举办比赛给台盘篮球人增加了很多经济负担，但他们依旧利用农闲时砍柴凑钱买篮球、修篮球架、制锦旗等。陆大江说，那些年最忧心的是如何把赛事组织好，让大家明年还来参赛。因为来的队伍多了，“吃新节”赶乡场才会越发热闹，在那个交通不便的闭塞年代，乡场上物物交换式的经济流通显得尤为重要。

于是，几个年轻人定下规矩：来者都是客，友谊第一，比赛第二，切不可贪执于将锦旗留于自家门口而失了胸怀。

公平、公正是台盘篮球赛的基因。在今日《台盘村篮球场管理制度》中亦态度鲜明地写着——“文明观看比赛，看球时正确对待输赢，两边球员进球都要加油鼓励，对分数落后的球队更要加油。”“‘比赛第二，友谊第一’，到我村篮球场参赛球员，要服从组委会安排，文明参赛，服从裁判判罚。若存在球员不尊重裁判、闹事，甚至打架斗殴者，立即驱离球场到村委会进行处理，报公安机关依法处理，并列入球场黑名单进行曝光，终身不得到台盘村打球。”

陆大江记得自己年轻时，打的是位置球，因为善于抢断，他在场上需要眼观六路、耳听八方，把球传到合适的位置上。如今，陆大江在场下也有自己中意的位置，他坐在球场横向观众席的第二排中央，可以清晰地看到场上的所有情况。只是更多时候因为观众太多，如果来晚了也只能挤在边上。

作为观众，陆大江喜欢相互配合的球风，认为个人能力再强也比不上团队精神；作为村民，他关心球场扩建、体育小镇的规划细节，比如路还不够宽，人流该如何分散，附近的斗牛场该如何改造，是不是修个桥将台盘村与对面山头联通等。

陆大江一心想要重建老场地，他认为随着新场地越来越有名气，打球的大人与游客会更多，“小孩子可能抢不过”。在村里，陆大江是一个对各方面都有想法的老人家，加上也有上了年纪的执拗，只要说起与篮球相关的事情就很“得劲”。只

图9 陆大江坐在球场边　（曹雯/摄）

是说着说着，他又觉得自己管得太宽，连忙摆摆手道：“还是让年轻人去想办法吧。”

在他看来，自己活了 80 岁，做梦都没有想到有一天家门口的篮球赛，会被全国人民知晓。80 年，生活真是发生了翻天覆地的变化。

在媒体各式各样的解读中，“村 BA”被赋予超乎寻常的意义。在陆大江看来，那些艰苦年代也未曾放弃的篮球比赛，不仅仅是节日的组成部分，还是茶余饭后村民们精神娱乐、强身健体所需，更是乡场上商品流通的保证。

“来打球的人多了，看球的人多了，赶场的人就多了。”如今，他希望“吃新节”的篮球比赛能够一代一代传承下去，希望政府和群众齐心协力把比赛做得更好，让全国各地的观众都能来台盘看看。

“这样子孙后代，就都能过上好日子。”

脸上透出一种悠邈，陆大江忽然收住了话头，背着手走出球场，渐行渐远，慢慢消失在街道的转角。这让人心里不由得想起一句老话来：父母之爱子，则为之计深远。

三 尚重篮球，跨世纪的存在

对于黎平尚重，很多人最初的印象来自尚重琵琶歌。这种列入国家级非遗名录的侗族琵琶歌非常别致，温情缠绵，又不失悠远。很难想象，侗族青年男女对完歌，可以放下侗琵琶，跑去拼抢篮球，比之更甚的是，他们还热爱斗牛。

尚重的确是一个让人大开眼界的地方。它既是歌舞之乡，又是篮球之乡。这里所有的故事都让人着迷。

在黎平建制沿革中，曾有一区德凤、二区中潮、三区孟彦、四区茅贡、五区双江、六区水口、七区龙额、八区洪州、九区尚重的划分。九区也就是今天的尚重、大稼、平寨、德化四个乡镇。在 2022 年夏天“村 BA”的州冠军队伍中，大多数球员都来自九区。2023 年全国和美乡村篮球大赛（“村 BA”）黎平尚重队在代表贵州获得西南赛区冠军后一路打进全国总决赛。

有人说：“九区的篮球很有意思，不但打得好，而且连技术动作都相似。”但使人想要前往九区一探究竟的是，这里曾经是距离县城最远的一个乡镇。

2022 年 9 月，从黎平出发，越野车在山路上行驶了近 3 个小时后，我终于抵达位于黎平县西北部的尚重镇。

视线里，高大的杉树郁郁葱葱，长满了山间。这里曾经是黎平县重要的木材基地，20 世纪 70 年代以前，杉木通过“放排”的方式从油洞河进入都柳江，到任意的远方。山门口的石碑上，刻着“琵琶侗韵　秀逸尚重”的字样，一旁的小字则写着“全国群众体育先进单位”“国家非物质文化遗产地”“中国民间文化艺术之乡”。这里的国家非物质文化遗产和民间文化艺术，主要指的是侗族琵琶歌；全国群众体育先进单位，则主要归功于尚重的篮球文化。

作为黎平县的“篮球之乡”，此番球员们获得州冠军后荣归故里，一路敲锣打鼓，令人印象深刻。

“这么偏远的一个乡镇，篮球又是如何在这里落地生根、开花结果的呢？”刚刚提出疑问，同行的黎平县工作人员很快回答道：“你不觉得，正是因为偏远，过去娱乐方式不多，人们才如此看重篮球。”

“有道理。”

曾几何时，贵州被山川阻隔，交通闭塞，坝子与坝子间为山岭所绝，形成许许多多彼此分隔的“小天地”，人们在一个狭小的范围内男耕女织、自给自足，上山打罗雀，下河捞鱼虾，伐木以建屋，劈竹以制器。在这种经济状况下，社会发展虽然缓慢，却也很好地保护了不同天地间的文化，并诞生出与之相适的生存智慧，经沧海桑田形成了今日贵州之“文化千岛”。

比如尚重人尚武，人们把武术视为防身自卫、强筋健骨、延年益寿的一项内容。入冬后有延师习武的传统，当地武术又分为拳术、棍术、刀术等。至今，在尚重小学内还开办有中华武术培训班。尚重人也爱斗牛，当然这是黔东南少数民族千百年来的传统，从祈求风调雨顺、五谷丰登、家庭兴旺的祭祀活动，衍生为重大节日里的娱乐方式。人们从斗牛运动中感受到的威猛雄壮、激烈碰撞，兴许与篮球这一现代体育运动有着共通之处。

一切似乎都在情理之中，当篮球传入尚重后，很快就与尚武的老百姓“性情相投”，人们把对斗牛、武术的爱，转移到篮球这项集体运动中来，通过打球交流情感、化解矛盾、促进民族团结，使得篮球突破了本身的运动属性，在一定程度上融入了贵州民族地区的乡土社会生活。

今年74岁的杨再锦，穿着一身蓝色的汗衫，精神和皮肤的状态都不错，见面的时候，他从兜里掏出一张皱皱巴巴的纸，上面写着他所了解的尚重篮球。在当地，杨再锦颇有声望，被视为将篮球引入尚重的代表人物。不过从杨再锦口中得知，当年他从凯里回到家乡任教时，尚重已经有了群众性的篮球比赛。

在杨再锦的记忆里，当时的区委书记是一位南下干部，是他促使尚重在20世纪70年代修建了全县第一个灯光篮球场。年轻的杨再锦参与了篮球场的建设，他记得大家在学校的操场上，用木头竖起电线杆，区委书记站在一旁大喊道：“灯光亮起来，费用由区里面承担。”要知道，在那个贵州山区还大多使用煤油灯的年代，这是非常了不起的事情。

自此，尚重有了灯光篮球场，白天学生们在这里打球，晚上大人们在这里打球。政府单位、社会青年常常组织球赛，饭后围观比赛的群众可谓人山人海、水泄不通。“你想，白天大家下地干活，晚上就想要找个方式释放一下。有了篮球赛，看的人踊跃，打的人有劲。”杨再锦说，那个时候，露天电影刚刚进入乡镇，也是新鲜事物，但尚重人显然觉得看球赛比看电影精彩。

篮球比赛很快发展到了村一级，甚至村民组一级。为了训练、比赛，每个村都自发修建球场，组建球队。让杨再锦感动的是，有个叫绞洞的村子因为建于高坡上，没有一块像样的平地，村民们开山辟地硬是用土夯出一块球场来。由此可见，许多年后，绞洞村走出黎平“球王”吴中庆，并不是出于什么巧合——不一样的精神和意志，是这片土地的标配，是他们天性里的守望。

今年60岁的杨胜忠，毕业于上海体育学院，曾为黎平县体育中心主任，与杨再锦住在同一小区，两人经常遇见。有意思的是，尽管杨再锦在九区很有声名，但在杨胜忠看来，20世纪70年代九区的篮球并不如七区龙额、三区孟彦水平高，直到杨光辉横空出世。“他是第一个代表九区进入黎平县篮球队的人。”

在尚重的故事里，身形矫健的杨光辉原是山中习武之人，接触篮球之后，因心生喜爱而刻苦训练。在那个整体技战术简单的年代，杨光辉步子大、跳得高、投篮准，过硬的身体素质让他常常从中线带球三步上篮，给人以英雄的印象。

当年杨光辉生活的寨子很大，据说有八大家族，其中杨姓又是一个大家族。逢年过节的篮球赛，便以家族的名义进行对抗，杨家一度要出好几支队伍。

“那个年代，打球赛要先出海报，哪支队伍和哪支队伍打，谁打得好，统统要写在海报上，用于宣传。”杨光辉作为

20世纪80年代尚重的“头号球星”，常常出现在各类比赛的海报里。

除了声名，篮球给杨光辉生活带来的更为显著的变化是有了工作。1982年，他进入县篮球队，成为一名专业篮球运动员。

1984年，尚重篮球队在全县首届“农民丰收杯”运动会上，分别荣获男子组第一名、女子组第三名，同时被评为“精神文明”运动队，杨光辉则荣获男篮最佳运动员。在全县舞台上的精彩亮相，激发了尚重人对篮球的热情，村子里球打得好的年轻人，摇身一变成为人们心中的“英雄”。

大山连绵，四季轮转，特殊的地理条件守护着山区原生态的自然与人文，无论苗族还是侗族，骨子里都有着对英雄主义的信奉，他们始终敢拼敢打，不服输、不服软，每个人都乐意去追随英雄并企盼成为英雄。他们对篮球的喜爱，几乎达到了全民参与的状态，年轻人打球，自然也要追求一种极致。

此后的很长时间里，尽管山路崎岖、路途遥远，但只要有尚重人在县里参加比赛，乡亲们都会包着车赶去加油助威，尚重参加的各类篮球活动，都会名列前茅。尚重的篮球，就这样一代人接着一代人，一个高潮接着一个高潮，如大河奔流，推波而起。

20世纪80至90年代，前来尚重采买杉木的木商很多。木商们不但为这个偏远小镇带来经济收入，同时还带来了丰富的物资，比如像手表这样的“高档商品”也第一次出现在小镇的集市上。而小镇给予的回馈除了上好木材，还有热闹非凡的篮球比赛。木商们被这样的篮球氛围吸引，不但参与打球，还出资赞助。据统计，从1953年到2008年，尚重镇组织了近60

次大大小小的学生运动会、篮球运动会及各类民族民间文化体育活动。2008年，尚重镇在黎平县迎奥运“国土资源杯”篮球运动会上，再次荣获男子组第一名。

今天的尚重镇，每个村都有了灯光球场，篮球这个“外来户”和这片土地已经完全融为一体了。

杨光辉的比赛也一直打到了2008年，那一年他52岁。回忆起自己的篮球生涯，他直言最大的收获是“好身体”。如今他和杨再锦都从篮球场转战气排球，这是全国老年体协的五大竞技项目之一。

近年来，尚重镇投入资金600多万元建设篮球场、足球场，安装村村通喇叭及文体活动器材等，不断加大乡村公共文化设施建设力度。杨再锦觉得这是非常了不起的事情，他把尚重篮球的发展归功于政府。

“首先有了群众健身的场地，才有积极投入运动的可能……”

在杨再锦絮絮叨叨的言语里，总是绕不开那位支持大家建灯光球场的区长，在那片郁郁葱葱的山林里，村民们的心里都充满了干劲！区长的那一声大喊永远挥之不去：“灯光亮起来，费用由区里面承担。”

岁月如歌，如歌的岁月，个体、群体，社会、政府，无一例外，都是文明进程里的参与者、塑造者、见证者。所谓的“村BA”，更像是对这片土地跨世纪文明进程的一次见证。

四

『苗寨女篮』刘顶英

在这片土地上，所有与篮球有关的光阴故事，都值得讲述与分享。它们展示的是生命的律动，更是生命的绚丽。因为篮球，这里的人获得了不一样的人生、不一样的记忆，体会到了生命力的全然与通透，对“无怨无悔”这四个字，他们有着更为真切的感知和体会。

“村BA”在全国范围内引发的持续关注，令人惊讶。但如果翻阅贵州体育的历史，你会发现，故事总有轮回。其实，从进入公众视野的角度，“村BA”并不是台江篮球队在全国的“首秀”。半个世纪前，这里曾飞出一支“苗寨女篮”。

位于清水江边的剑河县革东镇，三面与台江县交界，事实上，在2003年以前，革东镇还是台江县的一部分。

20世纪50年代，一个女娃在小镇的一户贫苦人家呱呱坠地。她是这个苗族人家中的第7个孩子，母亲生她的时候已经46岁，觉得养不活，想要送养。父亲却认为，不管未来会发生什么，生命本身值得尊重，再苦再穷孩子都是不能丢的。

但母亲的担忧不无道理，一年零八个月后，父亲便撒手人寰，只给女娃留下一个名字：刘顶英。

苗族的女娃，生下来就要用银针打一个小耳洞，然后随着年龄增长逐年用草木扩大，最后变成一个巨大的空洞。有人说，这是苗族女子社会财富的象征，耳洞越大，戴的耳饰越大越重越精美，标志着家庭越富足。

刘顶英也有这样一双耳洞，只是随着岁月的流逝，如今已年过古稀的她，平日里已经不再佩戴任何耳饰。但作为那个险些被丢弃的孩子，那个从小失去父亲庇护的孩子，这耳洞更像一种无声的记录，让她每每回想起这段岁月，依旧忍不住要流泪。

10 岁给哥哥嫂嫂带孩子，13 岁在大队里和大人一起干农活抢工分，大人干一天 8 分，小孩干一天也有 3 分。为吃一口饭，刘顶英觉得自己什么样的苦都能吃，什么样的活都能干。那时候山上喝水要去山下背，她总是家中最积极的那一个。这样的她，也给哥哥嫂嫂留下了深刻的印象，时至今日，在世的老人们依旧记得她的好。

山中岁月匆忙，转眼刘顶英十六七岁，到了如花似玉的年纪。她依旧在生产大队干活，还有了要好的苗族小姐妹。

一个风和日丽的午后，刘顶英在同伴的邀约下走过一间学校。学校老师正组织女同学们打篮球，好多人围着观看，场面相当热闹。这是她第一次看到有人打篮球，只见女学生们带着球在操场上跑来跑去，然后投向不远处架起的木板，上面还有个类似背篓的筐。在不知道篮球是什么甚至体育运动为何物的年代，刘顶英和小姐妹们被那一个个快乐奔跑的身影吸引住了。

“她们在干啥？”

“不知道呢。”

“那个球，好像很好玩。”

“我们能不能也去玩玩？”

“但她们穿着短袖、短裤。”

“我们穿着裙子。”

“去不去呀？”

“不敢……”

被命运选择的感觉是奇妙的，也不知道哪里来的勇气，让连汉语都听不懂几句的刘顶英和小伙伴，走进了那个尘土飞扬的球场。

征得老师、同学们的同意后，大家抢到球就跑，却怎么也投不进篮筐。不过这种你来我往的感觉真好，语言不通，就用肢体语言表达，这是体育独有的魅力。刘顶英和她的小姐妹们穿着苗族的服饰，戴着硕大的耳圈，在篮球场上奔跑、跳跃的身影，如 5 月盛开的山花，绚烂、飞扬。

不过这样的纵情恣意，起初并没有得到长辈们的认可。“一个苗家姑娘，穿着裙子在坝坝里乱跑，被这么多人围着看，还想不想嫁人了？”这样的声音不绝于耳。很快，生产队上有群苗族姑娘打篮球的故事在台江县传开了。

消息传到了台江县体委篮球教练欧绍钧的耳朵里。与一般人的观点不同，欧绍钧认为这几个苗族姑娘思想解放，很不错。为一探究竟，他特地来到大队考察。对于大山里的苗寨来说，篮球是新生事物，但更是积极健康、进步向上的。因为欧绍钧的发现与沟通，寨子里对于刘顶英们打球的观念有所转变。

为了支持、鼓励苗族姑娘们打球，台江县体委安排欧绍钧在大队蹲点教学。在刘顶英的记忆里，起初她们只是模仿动作，抱着球跑来跑去，根本不知道什么是打篮球，直到遇见欧绍钧，现场传授了“三步上篮”。

有时候，个人的一小步，就是时代的一大步。苗族姑娘打篮球被赋予了非凡的意义。1973 年，贵州省体委特意在东风大队召开全省农村体育现场会，会上全面总结东风“苗寨女篮”经验，并号召各地认真学习，加强农村体育工作。

非常有意思的是，在那个没有互联网，就连书信往来都很缓慢的年代，东风“苗寨女篮”如今日的“村BA”这般，一下子火了。会议期间，他们与有关代表队进行了篮球、打靶、游泳比赛，展现了苗家儿女风采，被各家媒体竞相报道。东风“苗寨女篮”的名声很快传遍全国。

1974年，新华社刊发“东风女篮新一代”图片，被载入《中国摄影册》向国内外发表。据说当时所有驻华大使馆门口，都有东风“苗寨女篮”的宣传介绍。

图10 东风女篮 （刘顶英/提供）

鲜花与掌声中，刘顶英开始明白自己打的位置是中锋。她的体力很好，一天打两场比赛也不觉得累。贵州省体委最后把她们从台江带到了贵州省体工大队，与女篮队员一起训练。在这里，刘顶英第一次脱掉苗族的衣裙，换上省体工大队提供的运动服。“穿着真舒服啊！”刘顶英乐滋滋地说。

朱宝林至今还记得和东风“苗寨女篮”一起训练打球的场景。“尽管她们穿着运动服，但耳朵上还是戴着巨大的银耳环，甩来甩去，打球的样子十分拼命。”

刘顶英的进步很快，1973 年她加入了台江县女篮代表队参加比赛，除了来到省城贵阳，她还前往铜仁、湖南等地比赛。因为篮球，命运之神向这个苗家女孩展示出不一样的风景，让她对生活和未来有了新的体验，新的感悟。对于她来说，一切的改变，都是篮球带来的。一切都显得有点不可思议，但又那么顺理成章。

从革东镇到台江县，15 千米山路，过去刘顶英要走几个小时，感觉进一趟城是天大的事情。但是，凭着自己的努力，她一路从贵州打到北京，参加了 1978 年的全国体育工作者代表大会，得到时任国家领导人的接见，迎来了自己人生中的高光时刻。

回到家中，母亲知道这件事后，抱着刘顶英痛哭不已，说：“那个时候我想把你丢掉，没有想到你自己这么争气。”

都说认知的高下，决定命运的兴衰，所有的胜利，都是价值观的胜利。不愿被宿命控制，不想受其摆布，必须通过努力，活成自己满意的样子。这就是刘顶英。她记得那个时候大队里总是宣传“破旧立新”。尽管没有读过书，但听得多了也大致明白是什么意思。

走出旧生活，源于努力，也源于勇气与智慧。刘顶英总是说自己没有读过书，没有知识文化，但她偏偏如此聪慧与果敢。小时候，寨子里的姑娘学绣花，有人手笨总是被母亲批评，但刘顶英站在旁边看两眼就会了，根本不用教。和所有的苗族姑娘一样，在遇见篮球前，她日日夜夜为自己绣着嫁衣、绣着节庆服装，据说后来因为训练没有时间穿，好多都拿到街上卖了。

刘顶英说："过去苗寨里不准女孩读书、不准女孩打球，总让你早早嫁人，我们要带头走出来。"按她的观念，女孩还是不要太早结婚，总要自己先活出个样子来。

最初在生产队里训练"三步上篮"时，姑娘们羞怯而胆小，也是刘顶英勇敢地站了出来，第一个投球进篮。"对对对，你们就像她这样投，就对了。"欧绍钧看到又惊又喜，连忙指着刘顶英的身影，要大家以她为榜样。

图11 苗族女篮训练中　（刘顶英/提供）

不过对于刘顶英来说，运动的天赋不仅仅表现在篮球上。大队里民兵操练，她是打靶高手，因此在8年的篮球生涯后，刘顶英被招到黔东南州射击专业队训练。篮球的动与射击的静，在刘顶英身上奇妙地融合了。因为从不脱靶，她成了队上的专业试枪员，“刘顶英试过的枪，一定是准的”。当其他人因为子弹紧张没有枪打，刘顶英这边则是每天打得肩膀肿痛，最后达到了国家二级射击运动员的标准。

从1970年到1980年，这是刘顶英生命中的快乐时光。因为篮球、因为射击，这位原本苦命的苗族姑娘，无论走到哪里都会得到人们的夸赞。她的性格直爽、待人真诚，内心常存感恩。作为对命运的回报，无论别人安排她做什么，她都一定全力以赴、努力做好。

在经历了两年的射击专业训练后，1979年贵州迎来了第四次省运会，有9个市（地、州）和贵州铁路10个单位共1538名运动员参赛，比赛项目有足球、篮球、排球、乒乓球、羽毛球、田径、游泳、体操、武术、射击等。但这一次，刘顶英却因为超过比赛年龄而不得不放弃。

刘顶英选择退役，临走前，依旧为黔东南物色了能顶替自己的运动员。“沉着冷静，是个好苗子”，刘顶英一眼就看中了。这位被她挖掘的女孩，命运的齿轮也因此被改写——因为表现出色，省运会后留在了省城贵阳。

1980年，刘顶英被分配到台江县体委当射击教练。在这里，她遇见了同样爱打篮球的爱人，从此携手同行。而她身后的东风“苗寨女篮”也像一列火车，引领台江县农村体育事业快速向前发展。

篮球的故事，一直在这片土地上延续着、衍生着。对于台江，东风“苗寨女篮”不仅仅是刘顶英她们这一代，从 20 世纪 70 年代到 90 年代，被篮球运动吸引的苗寨姑娘们，在这里形成了 4 代东风“苗寨女篮”。

数据显示，从 1975 年到 1983 年，东风“苗寨女篮”协助县体委培养了 148 名农村体育骨干力量。到 1984 年，全县共组建 68 支苗寨女篮队，篮球场也由 1965 年的 129 个发展到 1985 年的 319 个，成为台江县乡村篮球发展的基础。

同时第三代东风“苗寨女篮”于 1986 年参加了贵州省第二届“丰收杯”农民运动会，获得女子组第一名；同年参加全国第二届“丰收杯”农民运动会，被组委会授予“精神文明运动队”称号。

据《台江县志》记载：1989 年，东风“苗寨女篮”被评为全国体育先进基层单位。到 1990 年末，共发展 5 个梯队，共计 81 名运动员。

“如果很早结婚的话，我一定也会留在那个寨子里。”今天的刘顶英，坐在隔壁雷山县整洁的家中回忆往昔，心中感慨万千。她的一双儿女都考上大学，毕业后一个在县医院当医生，一个在县公安局当警察，一家子过上了令人羡慕的小康生活。

这是一片外墙刷得雪白的小区，楼下有一片篮球场，刘顶英和老伴时常会走到边上观望。“年轻人啊，真是有活力。”刘顶英穿着一身绿色的长裙，腰板挺得很直。站在风中，她想起她走过的路，纵然崎岖，充满艰辛，却也充满了双手改变命运的幸福。

很显然，在这片土地上，今日的“村 BA”并不是一个孤例，也不是孤证。这里的十村八里，男女老幼，篮球充盈他们的人生，是他们生活不可或缺的一部分，更是他们光阴故事里最为动人的诗篇。

五

岑江龙，一个为『村BA』而生的人

如果篮球运动是一部交响乐，它一定有着不同的声部。从“苗寨女篮”到“村BA”，处处都有故事，都有不同的乐章。从根本上看，它们是一个有机的整体。故事的“经纬线”上，到处都是“篮球人”，他们的存在，仿佛就是为了“村BA”而生。

是的，一种别开生面的时空叙事，在贵州的黔东南不断被打开。或者说，“村BA”就是一个奇特的“孵化器”，盘活了记忆，也盘活了当下，盘活了一方水土，人们的生活因此有了新的味道，有了更多新的可能。

见到岑江龙的时候，已是初冬。站在台盘刚刚改造扩建好的网红篮球场上，他正忙着和几位村民一起摆放展板。

中国“村BA”圣地——台盘村的网红篮球场，在结束了2022年夏天的主要赛事后，很快进入扩建改造阶段。将现场观众席增加至2万余个，对于村里的露天篮球场来说，可以大胆想象一下看台之高。

如今，它们被统一涂成了好看的海蓝色，层层叠叠宛如贵州山地上的梯田，又像海浪翻涌的波涛，更像是一个巨大的容器——载满了热爱者们的心血、寄望、气息和体温，即便此刻

图12 新的台盘篮球场　（曹雯/摄）

没有赛事空置着，仍然让人觉得它似有一种无声的沸腾。

岑江龙在看台上坐着，笑称这样的感受更好。他身材高大，穿着这个季节里黑色的冬装，显得很挺拔。和想象中不太一样，此前各路媒体的报道中，作为“吃新节”篮球比赛组织者的岑江龙，给人感觉是一位有些资历的“老鬼”，没想到站在球场上的他，年轻而有活力，完全是另一种风采。

“今天要接待两拨调研，所以我刚刚在弄展板。”褪去了夏日的喧嚣，冬天的台盘村重新回归宁静，一天两拨调研对于岑江龙们来说早已习以为常。毕竟“村 BA”最火爆的时候，他在这里一天之内接待了40家媒体。

之前并不是没有想过台盘篮球场会火起来，只是当梦想忽然成真，并以这样的形式展现在眼前，还是给岑江龙带来了巨大的冲击。就过往的37年人生来说，岑江龙只是一个普普通通的贵州农民，没有固定的工作，只是遵循着哪里活好干、哪里钱多就往哪里走的原则。

他去过广东、去过江浙，却无法在异乡扎根，让他心中惦念的除了家中父母、妻儿，还有家乡的篮球。现如今，岑江龙取消了外出务工的计划，借“村BA”东风，他认为留在家乡也可以干番事业。

在中国“村BA”圣地台盘村的篮球故事里，一代又一代的赛事组织者是关键角色。在特定的传承中，每一任组织者又赋予篮球比赛不同的考量与价值。就如陆大江当年心里想着用篮球比赛来促进乡场上的商品流通，到了岑江龙这一代，能够坚持组织比赛的原因又是什么呢?

“这个年纪了，一直想找件事情踏踏实实做下去。”只是岑江龙没有想到会是篮球，是他如此热爱的篮球。那些此前关于篮球的记忆，更像一个少年的梦，在不同的声音中，仍旧要执着固守的梦。

“我是七八岁的时候走上篮球场的，那个时候村里的老球场在下面。”顺着岑江龙的视线，我们一起把时间拨回30年前。这是贵州黔东南再寻常不过的小村落，因为山高路远、交通封闭，少年岑江龙的世界很小，只是光凭两条腿走路，从一村到另一村，却又觉得天地广阔。吃过的杏子和桃子核，是童年的玩具，除此之外，便是篮球了。

不过这样一个“大家伙”，在当时是村里的稀罕物，岑江龙和小伙伴们大多时候只能站在边上看大人们打球，一直等到大人们中场休息了，赶紧抱起篮球打几下。

“那感觉真是太好了。”于是岑江龙有了梦，一个成为跑动在球场上的大人的梦。十几岁的时候，村里有了VCD，他和小伙伴们一起凑钱偷偷买来看。“看NBA联赛，看迈克尔·乔丹，看他的后仰跳投怎么这么厉害，然后一群人跑到篮球上尝试，才觉得这样的空中停顿太难了。”

作为村里的大高个，岑江龙自认为在球场上弹跳不错、篮下拼抢积极，16岁那年他被“老辈子”们看中，第一次参加了村队的比赛。

在台盘村有着不成文的规定，为了传承好这一代表村集体荣誉的篮球运动，每一届村队都要培养下一届队员，培养的方式是吸纳年轻队员进行实战“带打”，而这样的“带打”可能要持续四五年。

岑江龙的父亲也曾经是村里的队员，只是他从来没有看过父亲的比赛。因为忙于生计，父亲在少年岑江龙的记忆里，仅仅留下一个忙碌的背影，父子俩也从未在月下把酒言欢，畅聊过篮球的故事。

关于父亲与篮球的一切，岑江龙都是从别人口里听来的，他只能无数次坐在场边，去想象父亲曾经“叱咤风云”的场面。母亲对于父子俩打篮球的事情并不是很支持，嘴里总是念叨着：“你爸打了一身伤，你以后也会像他这样。”

但那一次上场，给了岑江龙极大的鼓励和满足感。篮下抢断、投球进篮、人们的欢呼……这样的感觉真的太好了！于是，初中毕业后，没有继续学业的岑江龙在村里打了两年球。在黔东南，“大节三六九，小节天天有”，篮球比赛通常是节日的组成部分，所以只要岑江龙想打球，天天都可以。尽管那时父母对于儿子的状态很是担心，但岑江龙却无比快乐，心中想的是：“不管怎样你也阻止不了我打球。”

18 岁那年，岑江龙在前辈的带领下前往浙江打工，没两个月便跑回家来，原因是那边没有球打。后来他听说广东东莞的工厂里有球打，便前往应聘，对方领队一看，球打得不错，也就爽快地同意入职。那些年，岑江龙对于这份既有球打又有工资领的工作颇为满意，一干就是四五年。后来，同样是凭借篮球场上的一身好本领，他换了一份工资更高的工作。

每年“吃新节”比赛前，岑江龙都会提前请假回家。帮忙组织村里的比赛，是他从少年时代就养成的习惯，从场边记分到中场喊暂停，都是岑江龙的工作。对于他而言，戴着彰显赛事组织者身份的袖套，是莫大的荣誉。

“所以老板如果同意请假就请假回家，如果不同意请假，辞职也要回家，等比赛结束后再出去找工作。”

这就是岑江龙心里的篮球，它注定要和这片土地上的人们纠缠一生。

换个说法是，在这片土地上，“村 BA”的群众基础深广无边，它沉淀着一种跨世纪的热忱与期许，更是一种遍布所有时空的存在，完全超出来自外部世界的所有打量和想象。

眼前的这个台盘篮球场，是 2016 年建成的。在岑江龙的口中，此前并不是这样横着排列的两个球场，而是竖着排列，站在可以容纳最多观众的山坡上，其实并不能很好地观看比赛。新篮球场建成后，白天晚上都可以打球，“吃新节”篮球赛报名的球队，已经由 2016 年的七八十支增加到现在的一百余支，数据年年都在递增刷新。

2018 年的时候，因为难以筹措资金，延续多年的“吃新节”篮球赛曾面临中断的危机。村里老人抱怨现在的年轻人“雄不起”，过去条件艰苦，没吃没穿，篮球赛也不曾中断过。岑江龙就是那一年接任赛事组织者的，当时他听到老人们的话，心生羞愧，总觉得“家业”不能败在自己这一代身上。关于篮球比赛的传承，要是往后子孙问起，怕是要被鄙视。

接下来，他召唤了一众年轻人，厚着脸皮挨家挨户地要钱，当地的企业、临街的商铺，还有个人赞助者，能捐则捐，多的给 1000 元，少的给 20 元、30 元，实在凑不齐的时候，几个年轻人自己补贴也要办。与此同时，岑江龙还与同伴商量对“吃新节”的篮球比赛进行赛制改革。过去只有男子组和女子组，为了让更多人能够参与其中，他根据实际需求新增了村村组、中年组、少年组，其中又以村村组的报名队伍最多。

基于以上，在“村 BA”火爆之前，台盘村“吃新节”篮球赛，已在圈内具有一定知名度，不仅每年会吸引来自黔东南各区县的篮球队参赛，甚至连北京、江西、新疆的“外援”，都曾千里迢迢赶来参与。

“这里真的是有‘村 BA’明星的。”每次组织比赛，一两百支队伍不在话下，常常因为比赛日程有限，还需要控制报名数量。在岑江龙看来，大家看中台盘篮球赛的原因，大致是氛围好、比赛公平，没有主客场之分，尊重体育精神。

有限的时间、过量的球队，打到天亮的篮球文化由此而来。作为赛事组织者的岑江龙，在比赛期间每天早 8 点出门，直到次日凌晨 4 点才能回家，而且一干就是十余天。妻子曾担心他的身体，对此颇有怨言。随着年龄的增长，岑江龙也对于这样的工作强度感到力不从心，2022 年，正是岑江龙心里决定组织“吃新节”篮球比赛的最后一年。

“干完今年就让年轻人来挑大梁。”6 月的时候，县里给了台盘村一个成立篮球协会的指标，多年将心思扑在篮球比赛上的岑江龙当选协会会长。或许是因为协会的成立，或者是因为卸任赛事组织者前的诸多不舍和感慨，岑江龙萌生了将台盘篮球场打造成为“网红篮球场”的想法。

他从短视频里看到很多网红打卡地，认为台盘“吃新节”的赛事氛围不错，同样也有成为网红打卡地的基础。于是他与协会里的年轻人商量，将去年比赛的视频剪辑发布，又精心制作了比赛海报，同时把看台粉刷一新，还买来记分牌与计时器——这一顿猛操作，果然吸引了很多外省来客。

岑江龙们为此还给“网红篮球场”想了个神气的名字“野球圣地”。他说一开始想叫“发源地”，但觉得“圣地”更好听，“不是有圣水嘛，很清澈的感觉，我们的比赛也是干干净净的”。再后来，忽然火了起来的“吃新节”篮球比赛，被网友亲切地冠名“村 BA”，中国“村 BA”圣地的名头也就由此而生。

想要打造“网红篮球场”，没有想到真的火了，而且成为年度现象。岑江龙迟迟回不过神来。

本来打算退休的他，确信自己其实可以留下来。就算没有比赛的时候，全国各地的篮球爱好者也会慕名而来，还有周边的游客也会顺道来看看，开个小饭馆应该没有问题吧。更长远的计划则是，村里这么多爱打篮球的小娃娃，却没有专业的篮球培训机构，如果说自己的球技是看着VCD摸索出来的，对于下一代，岑江龙希望他们能获得更加专业、系统的教育资源。

2022年8月24日，2022年中国篮球协会贵州省E级篮球教练员培训班在遵义开班，岑江龙和同村伙伴吴小龙代表台盘村前往接受培训。在几日的培训中，岑江龙直言大开眼界，“原来不同年龄段有不同的训练方式”。他有一双儿女，大的儿子已经7岁了。自己因没有看过父亲打球很遗憾，也不知道等儿子长大后，自己还有没有体力打球。不过岑江龙可以确定的是，他会教儿子打球，也会鼓励孩子执着热爱。说这话的时候，岑江龙的眼睛变得清澈起来。

在这个移动互联网时代，所谓的机缘和合，正是它必然会感召许多“偶然”。让我们拭目以待，并祝愿“村BA”开启更为宏大的时空叙事。

六 “美丽乡村”篮球联赛

乡村振兴是一个宏大命题，体育当然不能缺席。用相应的体育赛事活动丰富乡村群众精神文化生活，引导大家参与运动强身健体，促进交往交流，盘活资源，助推乡村经济，助力“三农”……对于贵州，举办首届“美丽乡村”篮球联赛是个大胆的想法，更是个有底气的想法。

在朱宝林的印象里，贵州篮球运动在农村确实普及度高，群众基础强大。除了“农民体育健身工程”的标配“一场两台”，他曾记得在毕节市纳雍县的深山里，遇见过一个溶洞里的篮球场。

那是一个叫猪场乡的地方，海拔 1800 米，距离县城 58 千米的一个村子，有 297 户人家。由于大家都热爱篮球运动，20 世纪 50 年代村民就自发用木桩在黄泥地上搭了一个简易的篮球场，后来又用一头牛和一头猪换回两个铁质的篮球架，使得篮球场走上了“正规化”。

在那个篮球运动都还处于“青春期”，NBA 还是张伯伦所统治的年代，当地人农闲时约上三五个好友打一场篮球，慢慢成了风俗。据说，这里的每户人家都至少有一个自制篮球。

村子里有一个大溶洞，四季恒温、冬暖夏凉，且不惧风雨。

图13 溶洞篮球场　（韩贤普/摄）

于是有酷爱篮球运动的村民提议，不如在这个闲置的溶洞里修建一个篮球场。这个提议很快得到了大家的一致认同。经过几番筹措，历时两年，一个标准塑胶篮球场就在贵州大山里的溶洞中诞生了！

这个溶洞篮球场面积约为 1000 平方米，不仅拥有一个长 28 米、宽 15 米的标准篮球场，同时还有可容纳上千人的看台和演出台。溶洞上方，还有两个天然通风口，是天然“空调”，同时也为场内带来自然照明。在这里，球不怕打出界跑很远，因为撞到周围岩壁可以自动弹回，并且拥有自然混响，运球的声效堪比超过 264 个发声点的杜比环境。

如此炫酷又诗性的场面，很快在互联网上飞越山海，传到了外国网友眼里，激发出人们对篮球文化超越现今常规定义的想象。在国外最大的网络社区里，一个外国网友认为贵州溶洞篮球场就像影视剧中主角被反派击败后潜心修炼的地方，好比史泰龙在《洛奇 4》里被走高科技路线对手打败后跑去西伯利亚扛木桩之处。而另一个点赞达到 3.4 万的帖子里，有人留言："在这里打球，给人一种感觉，当你赢下一场比赛后出口阶梯的上方将会出现一位白发白须白袍的高手，气定神闲俯视着你，要和你 1V1。"

事实上，这样的溶洞篮球场在贵州不止一个。曾几何时，安顺市紫云县的一个仅 18 户人家的地方也建有这样的溶洞球场。想也不用想，成因是贵州人对篮球的那份让人意想不到的热情，那不由分说的挚爱。

有了这样的"民意"调研，首届"美丽乡村"篮球联赛很快进入酝酿谋划阶段。

2021 年 5 月 25 日，贵州省体育局召开首届"美丽乡村"篮球联赛新闻发布会，正式公布系列赛程。如果不是因为疫情影响，首届"美丽乡村"篮球联赛会于 6 月至 8 月开展以乡村为主战场的预选赛，9 月至 10 月举办半决赛，10 月开始省级常规赛和总决赛。赛事规模预计将达 3 万余人，将成为贵州省级别最高、参赛人数最多、运营周期最长的篮球赛事。

除正式的篮球比赛外，还将同步举办美丽乡村篮球嘉年华、抖音短视频发布活动、美丽乡村运动摄影展、篮球训练营等丰富多彩的主题活动。

贵州省体育局相关负责人在发布会上说：本次赛事以"美

丽乡村”为主题、乡村振兴为契机，着力打造“体育赛事＋乡村旅游＋传统文化＋全民健身”等多元融合发展的省级群众性体育品牌赛事，将以全方位、多角度的品牌包装视角，展示贵州乡村的自然环境和绚丽多彩的人文景观，体现多彩贵州的健康理念和运动精神。

2021年6月10日，首届贵州省“美丽乡村”篮球联赛的首场比赛在黔西南州晴隆县阿妹戚托小镇率先鸣哨开球。随后比赛下沉到全省88个县（市、区）。省级赛事下沉，是贵州的一次大胆创新，尝试让基层组织和村民自发组队、自愿参赛、不收门票。同时鼓励将比赛与贵州少数民族传统节日活动深度融合，让整个赛事的主体不偏离群众，不脱离“草根”本色及民族民间特色。

因为疫情的反复，2021年，首届“美丽乡村”篮球联赛成功举办线上线下赛事活动1240场，间隔数月后，到2022年继续举行……也许是冥冥之中自有安排，赛事活动终于在2022年的夏天与台江县台盘村的“吃新节”篮球赛撞了一个满怀。以台盘村“吃新节”篮球赛为发端，以首届“美丽乡村”篮球联赛半决赛和决赛为助力，贵州“村BA”在短时间内一炮而红，成为备受关注的“现象级”文体活动。

一切都是那样刚刚好。

大山有大山的舞台，有自己的“夜场”，有大家魂牵梦萦的灯光篮球场。这里，从来就是个圆梦的好地方。这里有篮球赛事史上的“名场面”：抢位置、站房顶、登梯子、里三层外三层挤满人，从白天到深夜都人山人海，“呜呜”声一阵接一阵，“盆钵喧天”，歌舞不停，充满“原生态的快乐”。民族民间文化传统和篮球运动共同涵养出一方百姓独有的精神气质。

为此网友们总结得好：有一种快乐叫“村 BA”。贵州的自然风光毋庸赘言，“美丽乡村”随处可见，能搭载如此别开生面的体育嘉年华，独此一家。

“村BA”英雄榜

英雄榜上，英雄梦……从社会学的角度，生命的尊严和价值的获得，来自身份感的确认。从心理学的角度，每一个人都有让自己神圣的诉求。英雄，是力量和人格魅力的双双在线，是个体生命存世最美好的意义和价值所在。

以偶像为楷模的人，没准心里住着一个乔丹、一个科比。想遇见一个更好的自己的人，则会努力去做到最好，活出一种极致。

图14 “村BA”奖杯、奖品 （姚顺韦/摄）

在黔东南的每一个篮球场上，英雄梦，会助力每一个挚爱篮球的人。每一个拼尽全力的球员，因为忘我，因为竭力，因为置心一处，在那个爆发的瞬间，他们仿佛已和偶像合体，和那个最好的自己合体，他们仿佛拥有永不衰竭的活力，不断创造一个又一个属于自己的奇迹……

一

一战成名吴中庆

如果一个人的命运有程序编码，那么篮球在吴中庆的DNA里，一定有着极大份额的铺排。他对篮球的热爱，更多地表现为一种执拗，一种不由分说的忠诚，有时连言语都显得那么单薄和多余。这个，或许就是人们常说的不解之缘吧。

跑位准确、拼抢积极、弹跳轻盈、投球命中，整个动作一气呵成，看起来毫不费力。这是黎平县队 33 号球员吴中庆给观众留下的印象。

黎平县队获得 2022 年贵州省“美丽乡村”篮球联赛黔东南赛区的冠军，创造了历史。这一战中表现突出的吴中庆，被认为在攻防两端都打出了近乎职业的水平。

只见他接球，三分线跳投，命中；两分钟后带球突进，一个跨投得分，一番攻防转换后再次从三分线接球，继续命中。

“黎平县队的 33 号，应该原地出道！”“黎平县队的 33 号，他是什么时候出现在那个位置上的？神速，太快了，命中率也高得吓人，简直是得分王啊。”2022 年 8 月 2 日，贵州省“美丽乡村”篮球联赛黔东南赛区决赛中，吴中庆因为过人的投篮命中率，全场砍下 43 分，一战成名。

图15 吴中庆 ，(吴中庆/提供)

篮球这项运动，确实具有强烈的高光与滤镜功能。学生时代球场上那个球技了得的男生，永远是全校女生心仪的对象，就如吴中庆原本皮肤黝黑、相貌平平，但蒙上了“球王”的光环后，你会觉得他长相坚毅、高眉深目，当一记3分远投命中，怎一个“帅”字了得!

黎平人仿佛一夜之间都知道了吴中庆。大街小巷上女孩子们在议论他时，都会露出羞涩的神情，同样爱打球的男生则尊称他为黎平“球王”。

2022年8月21日，一年一度的黎平县“天利人和杯”美丽乡村篮球赛在县体育馆拉开帷幕，分为乡镇（街道）组和县直机关组及男子组别和女子组别。比赛从早上8点打到中午11点，又从下午4点打到晚上10点，整个赛事成为处暑时节小城黎平茶余饭后讨论最多的事情。

“现在黎平人下了班就赶来看球，除了为自己的乡镇、街道加油，黎平县队那几位球员的比赛肯定备受关注，特别是吴中庆，今天他就要代表老家尚重镇参赛。”同行的黎平县的小姐姐露出一脸“迷妹”表情。

因为还要备战全省总决赛，为了减少比赛受伤等意外情况，吴中庆不能在眼下的比赛中上场太久。于是，当我们走出体育馆谈及刚刚看到吴中庆上场时，有路人投来羡慕的眼光：“你们运气太好了。”

黎平人爱篮球，如果仅此一句话，会显得苍白。与同行小姐姐一番攀谈后，发现眼前这位看似娇俏的女孩子，竟然也是单位里的篮球高手，即将代表黎平县委宣传部参加县直机关组的女子比赛。这让人不由得环顾四周，觉得看台上的男女老少，都不是随便来看看比赛的。在贵州黔东南，这里的乡亲们看球都是专业的。又或者说，看得多了，自然就明白了许多道道。

一句话，在这片土地上，篮球的群众基础简直牢不可破，超乎想象。篮球仿佛是他们生活的一种“必需品”，真不知地球上还有哪个角落的人们如他们这般。

可以想见，黎平人如何爱他们的“英雄”吴中庆。这个在州总决赛中全场砍下 43 分的男人，在贵州省“美丽乡村”篮球联赛上横空出世，给黎平人带来了“我们普通人同样也可以把球打得很好”的底气。

吴中庆确实普通，他原本在县里的水务公司上班，想成为一名体育老师却没有考上。然而，生活有时候发生改变，往往就在一夜之间。一场网红篮球赛成就了普通人吴中庆。

与凯里市的舟溪镇类似，尚重这个地方也是黎平县的“篮球之乡”。在此前的选拔赛中，尚重获得过黎平县第一名的好成绩。不过作为主力队员的吴中庆，对此却印象淡薄。和篮球场上“叱咤风云”的大神级表现不同，生活中的他是一个内敛、少言少语的人。

“这次比赛，镇里组织选拔了吗？”

“好像没有。”

“那你是怎么加入的？”

“他们叫我就来了。”

“赛前有训练吗？”

“没有训练。”

“……”

“你在场上打哪个位置？”

“后卫。”

“你觉得这个位置需要哪些能力？”

“大局观、意识好。”

“这些能力你认为自己具备吗？”

“都不具备吧。”

“……”

“成名之后的生活有什么变化？”

“不喜欢这样被关注，我只想平平淡淡生活。”

“……”

和黎平“球王”如此“尬聊”，是我不曾想到的。

正当我寻思着该如何同他找话题时，趴在桌子上的吴中庆眼神飘向了远方，他忽然淡淡地说：“我接触篮球比较晚。”吴中庆口中的接触篮球，指的是有教练的准专业训练，那是他在考上铜仁学院后才有的经历。在此前的学校体育课上，他只是喜欢抱着篮球在操场上瞎晃悠。

“那个时候他还不会打球。”姜绍波很笃定地说。姜绍波是黎平县队的助理教练，多年前他刚从贵州大学毕业，在黎平县第三中学实习时认识了还在读高中的吴中庆。此后多年，他们在黎平县的职工篮球比赛中也曾遇见，初出茅庐的吴中庆，当时并没有给姜绍波留下深刻的印象，只是觉得他为人谦逊、话不多。

“大概半年前，我们还代表各自单位在正式比赛中打过球。但那时的吴中庆远没有现在那么亮眼。”短短半年，球技竟然上了一个台阶，这让姜绍波感到惊讶。不过仔细想来，这个年轻人虽然嘴上不说，但一定是把所有的业余时间都用在了篮球训练上。

事实上，这支以尚重镇队为班底临时组建的黎平县队，在黔东南赛区半决赛前的训练时间不过 5 天。大家每天在工作之余抽出时间磨合，早上 6 点到 8 点，下午下班后到晚上 9 点。在姜绍波的印象里，不爱说话的吴中庆是最准时的一个。“他应该很爱篮球，所以对这样的打球机会十分珍惜。”

渐渐地，姜绍波发现吴中庆对于比赛很有自己的看法，作为后卫有独立的思考能力，并能够兼顾场上队友的感受。当人人都爱在 NBA、CBA 中寻找自己的篮球偶像时，吴中庆则更执着于那些明星球员赛场上的精彩表现，分析他们的动作、技术，以期更好地提升自己。

即便这样，在决赛前，队里并没有专门为吴中庆制定战术。是吴中庆自己被激烈的比赛点燃了进攻欲望，让他无法再隐藏自己。有意思的是，明明才组队几天，身边的这群队友却有着难以言说的默契。彼此的协同性很好，团结互助，每个人都只是想把球打好，动机单纯，这种氛围让人心安，也更有干劲。

2022 年 8 月 2 日的这两场球，尽管天柱县队和凯里市队都是劲敌，却是吴中庆打得最舒服的两场比赛——只要出手就有球，手感好得“发烫”。这让吴中庆感到特别兴奋，特别得劲儿。站在台盘篮球场的万人中央，享受 NBA、CBA 全明星赛般的“山呼海啸”，这一刻，他仿佛就是为了大场面而生。他忽然很想全力地拼一把，为自己拼一把，为黎平拼一把。能够滋生如此强烈愿望的时刻，在吴中庆平淡的人生经历中并不多。

只见他“手持利刃，纵风雾踊跃而来”，那样的好状态，对于凯里市队的防守来说，可谓招招致命。敏捷、准确，也许是观众看吴中庆打球最享受的地方。

事实上，在认识吴中庆之前，我对于尚重镇的了解，仅限于那首好听的《尚重琵琶歌》。

黎平县是黔东南的侗族聚居区，侗族自称为“gaeml”。在侗语里“gaeml”的意思是“用木条、树枝等作为障碍物进行设防、遮拦、隔离”，其本意是“生活在被大山阻隔、被森林遮盖的人们”。篮球这一现代体育运动，是如何跨越大山的阻隔传入尚重，暂不可知。不过尚重人打篮球的技术姿势统一，打球的风格都很强硬，这几乎是外界一致的认识。

可以想象的是，在那尚重的密林中，沉默寡言的少年吴中庆，怀揣着梦想的少年吴中庆，多少次的独行……17 岁之前，他还不太会打篮球，但尚重人对于篮球的热爱，却深深地烙印在少年的心中。习惯安静的他，仿佛只对篮球敞开心扉，那一声一声碰撞地面的声响，胜过千言万语。

有道是，无兄弟，不篮球。因为篮球，吴中庆不再是孤单的人。“我的朋友基本上都是打篮球认识的。”就这样，吴中庆与篮球有了一种奇妙的联系，一方面，他仍然保持着比较内向和寡言的性格；另一方面却因为球场、队友和观众，还有掌声与喝彩，他感知到了生命的丰满和多姿。

二 “金牌教头”吴传富

赤诚对赤诚，真情对真心，就是山里人的“天性”。

英雄收获鲜花和掌声，受到仰望和赞叹，而托起胜利的，并不仅仅是英雄。隐藏在英雄背后的人，他的故事，同样值得讲述和分享。

在凯里市队与黎平县队一战中，相比起黎平县队33号球员吴中庆的光芒四射，教练吴传富更像是那个托起胜利的“定海神针”。

吴传富出现的时候，我正坐在街边与黎平的几位篮球“老鬼”聊天。

在阳光的照射下，吴传富给人的第一印象是很年轻，看上去像个球员。他的皮肤黝黑，长相憨厚而沉稳，“村 BA”火了后，他参加了中国篮球协会在遵义举办的贵州省 E 级教练员培训班。

培训班邀请了前国家队女篮主教练马跃南等篮球名宿作为讲师，这让初次见到国字号教练的吴传富心生波澜。不过他头脑很清晰，知道教练风格各有不同，重要的是在实践中形成自己的执教风格。作为基层篮球教练，像在“村 BA”现场获胜这样的高光时刻，他的人生中并不多，更多是热爱与坚守——就算经费、场地、器材样样匮乏，他也要通过自己的人脉把工作干下去。不但要干下去，还要干好。

在没有室内训练馆的下雨天，吴传富会带着黎平第四中学的小队员们，在楼梯间来回练习滑步……在日复一日的平淡生活中，吴传富的胸中始终揣着一团火，一团关于篮球的火。

2022 年 8 月 3 日，当终场的哨声吹响，吴传富把双臂高高举起，用力挥舞，似乎在寻找着什么，在证明着什么——这么多年的坚持付出，不是没有质疑过自己，但那一天、那一刻的台盘篮球场，在眼前茫茫人海中，在直播镜头背后千千万万的网友面前，吴传富得到了回应。他动情地说道："我们打的是底层篮球，但始终想努力向上，学习别人专业化的打法。"

那一刻吴传富想到了老家纪德村。

纪德村位于黎平县西北部的平寨乡。打从吴传富记事起，父母便整日整日地在山上务农，为了帮忙，自己和小伙伴们放了学也得往山上赶。吴传富自从在学校学会打篮球，在乡镇的报刊亭里认识了 NBA、CBA，对于篮球的爱便一发不可收，常常和小伙伴们挤在一起偷看电视里的赛事转播。每每走在路上，他都会情不自禁地比画着刚刚学到的篮球动作，嘴里念念叨叨，搞得路边相熟的叔叔阿姨一头雾水，心想：这孩子是着了什么"道"？

吴传富的确着了篮球的"道"。有时候他心里会愤愤地想，为什么放学后一定要去做农活，不能去隔壁村打篮球呢？从杂志里他知道，不少 NBA 的球星也是贫寒出身。"那我能不能通过打篮球走出大山，找到自己的舞台，实现人生理想呢？"少年吴传富看着脚下的山路，在一片杂草丛生中，正弯弯曲曲伸向远方。

群山连绵，但路始终存在。他不由得想起教科书里鲁迅先生的话——世界上本没有路，走的人多了，也便成了路。就此，闭塞的大山，再也挡不住少年的脚步。小学 6 年级的他，开始组织同学们与邻村小学交流比赛，队与队之间还互有接待。接待的方式，通常是每个参赛队员从家里拿一杯米、一块腌肉、一条腌鱼，赛后在学校或者指定的同学家里自己下厨，一块儿吃饭。

在这片土地上，篮球是有温度的，甚至是有文化的。它虽是“外来客”，但慢慢地融入当地，成为一种文化载体，能承载起山里人的善良、质朴和厚道，还有他们的梦想。

这样的交流活动，得到了父母的大力支持，认为孩子们年纪小小就有情有义，通过打球懂得了做人的道理，还提高了交流能力。

少年的时光一天天过去，转眼吴传富上了初中。在那所乡镇中学里，他遇见了一位同样喜爱篮球的语文老师，每天会把他们几个喜欢打球的小伙子早早叫起来，骑着电瓶车上山跑步。“我们在前面跑，老师在后面骑着车追赶，尽管辛苦，但大家都很有干劲。你知道吗，那时候村里留守儿童多，很孤独，辍学率也高，因为这样的集体生活，我们找到了共同的目标与情感寄托。”

篮球让吴传富成了同龄人中那个始终留在学校的人。到了初二、初三的时候，因为良好的体能、迅速的应变反击与拼劲，吴传富给老师、同学留下深刻印象。2004 年，凭借自己的努力，他考上了黎平县第三中学。

从偏远的小山村走到乡镇，再走到黎平县城，每一次跨越都让少年吴传富大开眼界。“我们家乡这么偏远，我一定通过努力，让别人知道我们苗族年轻人尽管不善言辞，但也可以优秀。”吴传富不止一次这样告诫自己。

高一那年，他参加了全县的中学生篮球赛，第一次认识到打篮球除了比谁跑得快、谁传接球好、谁投球准，还要有队员间的配合、战术意识，要学会用脑……他自从知道大学里有体育教育篮球专项这样的专业，内心里就认定了体考这条路。经过一年的备考，吴传富如愿以偿地考进了贵州大学，并加入贵州大学篮球队。

没错，打篮球可以改变命运。吴传富就是那个现身说法的人。

因为打篮球考上贵州最好的大学，这样的消息在遥远的平寨乡传开了。乡亲们第一次从吴传富身上发现了打篮球的教育价值。

对于吴传富来说，走出了大山，却始终惦念着家乡。“那个时候会想，如果有一天要回来种田，也一定要把外面学到的这些篮球技术传给老家的孩子们。”

接下来，出现了更加现实的挑战。

在人才济济的贵州大学篮球队里，吴传富发现自己除了体能好，什么都不如人。“他们都是城市里的孩子，从小接受专业的篮球训练。”更让吴传富沮丧的是，偏偏自己还是校队里最矮的那个。

技不如人，只能更加勤奋努力，这是普通人的捷径。于是吴传富每天训练结束后，都会比其他队员多训练三四个小时。作为后卫，他深知外线投篮命中率的重要性，反复练习 3 分远投，这让他患上了肩周炎。那两年，吴传富几乎每天都能够听见投篮时骨头摩擦的咔咔声，但校队竞争激烈，他不敢张扬，也不敢请假休息。

就这样，一直拼命，一直玩命，吴传富的篮球技术稳步提升，最终获得了贵州大学篮球队主力首发的位置，并在大四那年当上了队长。他带领球队参加全省的大学生运动会、西南地区的大学生运动会，并在全省大学生篮球锦标赛中获得冠军。

这样的好成绩传回老家，再次引发震动。更多喜爱篮球的平寨少年开始想：既然吴传富可以，我们为什么不可以？

黎平县队助理教练姜绍波是吴传富的同乡。在他的记忆里，2008 年那场凝冻让本不常下雪的平寨积了厚厚的一层冰。吴传富从贵阳坐火车到怀化，再转车到黎平，最后走路回到平寨。没几天就带领年轻人在村里用铁锹铲出一片可以打篮球的空地。“隔壁村的吴大哥太厉害！”这样的印象，在少年姜绍波脑海里挥之不去。

姜绍波非常主动地向吴传富请教关于篮球的一切，并得到了这位大哥哥真诚的指导。“好好打球，参加体考，进入高校的体育教育专业，毕业之后可以当体育老师，也可以加入社会上的体育机构。”毕竟是先有了生存，才能有发展。这对于文化课基础薄弱的小镇少年来说，是一条很现实的路径。都说榜样的力量是无穷的，接下来，姜绍波沿着吴传富的路，同样考上了贵州大学。

话说吴传富大学毕业后，为了从事和篮球相关的工作，兜兜转转回到黎平，成为县第四中学的一名体育老师。工作之余，他连续多年都是黎平县篮球队的主力队员，并慢慢地向教练的角色转型。当球员的时候，灵动、拼命曾是吴传富的标签；成为教练后，严肃、认真则成了他的新标签。

图16 🏀吴传富　（吴传富/提供）

2022 年 8 月 2 日晚，吴传富在酒店辗转反侧，脑海里一遍遍回想着进入全州比赛以来队员们的种种表现，他们各自的优势和短板。因为小组赛的对手不强，往往是靠个人能力和整体实力取胜，但比赛中很多细节都处理得不好。接下来的半决赛，面对强敌天柱县队和凯里市队，如果不能展开精细化的战术配合，肯是走不下去的。

“核心球员 9 号才回来，时间太晚，和其他队员的磨合不够……”

“还有两三个队员是第一次代表县里面比赛，也不知道面对决赛会不会紧张……”

这样想着，他给助理教练姜绍波发了一夜短信，最终决定在次日早上重新统一攻防思想，明确场上任务。

就贵州省“美丽乡村”篮球联赛的球队来说，由于参加比赛的球员水平参差不齐，很多队员并不能听懂复杂的篮球术语。但那天早上，经过彼此间通俗易懂的“转换”，黎平县队的战术沟通十分顺畅。吃过午饭，大家坐车前往台盘篮球场，天气很好，一行人神清气爽，信心满满，似乎预示着“会有好事情发生”。

在吴传富眼里，台盘拥有最好的观众。他说自己年轻时也四处征战，应该算“见多识广”了，但下午 5 点比赛，不到 3 点顶着烈日等待比赛的观众就已坐得整整齐齐，这种场景还是第一次遇见。吴传富不由得想，球员站在篮球场上时间久了，皮肤被太阳晒得发红、发疼，那么坐在场边的观众又是如何坚持下来的呢？

赤诚对赤诚，真情对真心，几乎就是山里人的“天性”。

为了回报这样的台盘，吴传富心想，一定得把自己作为教练最好的一面表现出来，“要打出黎平的精气神，不能让比赛失去竞争性”。于是他全神贯注于比赛之中，似乎身体里的每一个细胞、每一根神经都被调动起来……两场比赛，领队给吴传富买了 4 盒金嗓子喉宝。

“打天柱，他们内线高、外线准，我们一直打得很被动，直到第四节才分出胜负。”“和凯里打，大家都认为是对方的体能问题，但我认为凯里一开始轻敌了。他们队里‘球星’多，人员数量有优势，且习惯于连续作战。但走到这一步，我们也必须血拼到底，凯里的轻敌给了我们一个很好的开局，使得黎平队员一下子进入状态，面对强敌建立了自信。”

那天，黎平县队开场便采取“阵地进攻”“全场紧逼”，这被认为是突破之举。事实上，“以守代攻”是吴传富作为教练一以贯之的思想。在他心里，进攻靠天赋，但人人都可以做好防守。在他看来，进攻可以赢球，防守可以获得冠军。“团队协作是为了实现个人能力的最大化，个人配合也是为了实现团队实力最强”，这便是吴传富作为教练的用兵之道。

山高水长，前路漫漫。拿到冠军之后，成为“金牌教头”的吴传富的人生会有什么不同？这还不得而知。只是吴传富再次想起，少年时走在平寨山路上说过的话，那些对未来的憧憬……这一次，他希望更多山里的孩子能通过篮球走出大山，找到自己的舞台，实现人生理想。

经风雨，方能见彩虹。祝福吴传富，祝福每一个大山里的孩子。

三 村里的篮球少年

体育是典型的金字塔结构，顶端是高水平运动员，底部是群众的广泛参与。

我们的“国球”乒乓球为什么厉害，为什么人才济济？从群众体育开展的角度，首先是普及度高，大江南北人人皆热爱，有很好的氛围和群众基础。小区、公园、学校，乒乓球台占地面积不大，简单易建，很多小孩都随身携带球拍，随时都在玩都在练。

贵州“村BA”，也遵从类似的民间逻辑。

凯里市队队员王祖健依旧记得，自己的篮球启蒙老师是村里的爷爷辈。

“需要注意投篮的姿势、手型，拿球的手，要呈90度打开。”那是一个普通的清晨，天蒙蒙亮的时候，在舟溪镇的一片鸡鸣犬吠声中，爷爷穿着汗衫站在村口球场上。

他操着一口地道的凯里话，这是贵州黔东南特有的腔调，语气总是带着句尾音，就像山雀在唱歌一样。忽然，他对着半大的王祖健说：“小钢炮，你来试一试。”

“小钢炮”是王祖健的小名，小时候在村里，大家都这样叫他。

村里男孩子学篮球的故事，其实大多相似。日常娱乐并不丰富的农村，篮球是很好的生活补充，不但强身健体，还能够结交朋友。因为普及，从泥巴地到硬化地，总有前辈在球场上打球，也总有孩子站在球场边看球，看着看着便跃跃欲试。那一个个瘦小的身板，最终在奔跑、抢夺的快乐中长出强壮的身体，就像地里拔节的庄稼，让人看着满心欢喜。

人人皆可参与的篮球比赛，实则也是村里逢年过节的娱乐项目。最关键，篮球比赛并不单列，它与其他传统民俗活动一起，共同组成这片土地上的“民族狂欢”。在凯里市舟溪镇，村里过年的氛围组，通常是由打篮球、斗牛、踩芦笙组成。

此前去镇上，在凯里市队队员吴如弟的带领下参观他们的芦笙堂，发现大有来头。这芦笙堂名为“甘囊香”（苗语的意思是神游之地），原来指的是山脚下一段长500余米、宽100余米的河滩，距今已有400余年历史，是黔东南保存至今最大的天然芦笙场。2018年，“甘囊香”经过改造升级，被赋予了更雄浑的气势，近千米长廊将芦笙场环绕，能容纳上万人在此纵情歌舞、共欢盛会。

吴如弟说，这里每年都举办的“中国凯里甘囊香国际芦笙节”，现在已是凯里乃至黔东南的一张文化名片。

漫步于“甘囊香”的时空长廊中，有孩童从身边嬉戏打闹而过。在旁观者眼里，贵州少数民族的节日都是载歌载舞、万众欢腾的，如果再深究一步就会发现，其歌舞、器乐都是源于祭祀。

所有节庆活动并非率性而为。比如，芦笙被视为是具有神性的竹管乐器，在过去并非可以随时随意吹奏。而“甘囊香”则沿袭了数百年的正月里芦笙会，是一种浸透了民族命脉的节日。游客来此看到的是宏伟建筑、美丽山水、多彩文化，但对于吴如弟们来说，“甘囊香”凝聚的却是祖辈的生活、民族的过往，点点滴滴都有来历。

“通常正月十五踩歌堂，正月十六到二十跳芦笙，而斗牛和篮球比赛从正月十七开始进行。”吴如弟的话语里充满了自豪。由此可见，将篮球比赛排进正月的芦笙会，除了因为篮球民间的普及度高，更彰显出黔东南苗族同胞对于篮球这项运动的由衷认可。

这就是人类文明进程中的文化融合与流变，是传统的民俗风情与现代体育运动的“生化反应”，就如“村 BA”这一世界篮球赛事的“新物种”。

这个“新物种”，给了这个时代全新的观感，给了这个世界的人们最为缤纷的一次体验。

话说村里组织篮球赛，并不像“美丽乡村”篮球联赛这样要经历长时间的谋划，往往是开始前几日根据返乡的“壮丁”人数临时报名、临时抽签、临时编排。因比赛日程必须在节日内，时间有限，而前来报名的人数众多，只能把赛程安排得十分紧凑，“打球打到天亮、看球看到天亮”的奇观由此而来。

说来说去，村民们把节日过得开心、过得尽兴，也就慰劳了这一年的辛苦劳作。在这片土地上，得劲、尽兴、过瘾，既是原住民的“血脉编码”，也是整个族群灵魂深处秉持的“关键词”，更是他们的生活态度。

回到篮球少年这个话头。王祖健第一次代表村寨上场比赛是 15 岁的时候，因为紧张投了个“三不沾”（即投出的球出现不沾篮板、不沾篮筐、不沾篮网的情况）。“真的太丢人了”，每每回想起那个场景，王祖健都觉得脸红。

他说，在农村的“熟人社会”里，打球打得好与不好，很容易成为七大姑八大姨茶余饭后的谈资，“你家小钢炮今天投了个‘三不沾’”与“你家小钢炮今天表现不错”这样的话会在晚饭后的坝子里传起来，听起来可是天壤之别。

应该成为话题里的“王者”——这样的念想与诉求，很自然就成为王祖健在球场上努力奋斗的动力之一。

话说吴如弟，因为打篮球成了村里最自律、最注重饮食的那个人。想要篮球打得久，平日里少喝酒、少熬夜都是“铁律”。于是，吴如弟每天早早起来，沿着河岸跑步，回来洗好澡就去上班，下午下班回来则叫上朋友们一起打球，十年如一日。吴如弟说他想一直打下去，毕竟舟溪镇还有 38 岁以上的中年篮球队，自己打完青年队还可以打中年队，与篮球的日子还长得很。

和王祖健的经历类似，远在黎平县平寨乡格湾村的杨林鹏印象深刻的是小时候过年，端着小板凳看大人们打篮球的盛大场面。“人太多，就是挤不进去，看到的都是屁股。”

格湾村是平寨乡那个总是“打不赢”的村。于是从小身高突出的杨林鹏，早早地被村里的篮球前辈们盯上了。“你就站在篮下抢球，然后传给我们。”大概初三的时候，还不太会打球的杨林鹏因为 1.80 米的身高，开始代表村里面参赛，但大多时候只是在场上跑来跑去，负责在篮下使蛮力抢球。

“第一次上场肯定紧张，也不太会打。比赛输了，别人就会说，个子这么高，这个球怎么投不进。”这样的话无疑刺激着杨林鹏的心，他想要变强，想要为家乡赢一场。

特殊的篮球土壤，让杨林鹏产生了强烈的求胜欲望。他记得高中晚自习后的 1 个小时，自己会在球场上默默练习。“因为篮球，我学会了给自己树立一个目标，在心中点起一团不灭的火，不受外界干扰。”

也因为打球，杨林鹏受过很多伤，医生一度建议他不要再打球了。家里自然也是反对的，认为“那么爱打球有什么用，弄一身伤”。但杨林鹏就是想要打球，不但要打，还要打好。高中毕业后，他选择就读篮球专业。“当时想的是，不管去哪里，就要去读这个专业。”接下来四年的专业学习，让杨林鹏对篮球的思考日益成熟，大学毕业前，他决定回到黎平开办篮球培训机构。

“想要把外面的篮球教学理念、实践都带回来”，他计划向父母借几万元启动资金。对于格湾村安守本分的普通农民来说，这并不是小数目，那曾经认为打球没有用的父母，在儿子身上看到了他面对伤病、面对胜负的成熟与笃定，便愿意倾其所有给予支持。

现如今，杨林鹏的篮球培训机构在黎平运营平稳，可以为4岁到18岁的青少年提供教学。他说，尽管面临着场地、资金等诸多困难，但幸得这里的篮球氛围很好，有很好的群众基础，以后应该会越来越好。“当然每次经历失败的时候，都会想如果没有遇见篮球，我会变成什么样子，可能是军人、工程师，也有可能在工地上搬砖。”这么说的时候，杨林鹏眼睛眯成一条缝，爽朗地笑了起来。

此刻在他身后的夜色中，是黎平县“天利人和杯”美丽乡村篮球赛热火朝天的比赛现场，还有因赛事而支撑起来的夜市。“夜赛”“夜娱乐”“夜经济”，让这片土地真实地谱写着“生活向美向好”，人们吃着夜宵、喝着啤酒、看着比赛，为家乡球队加油助威、摇旗呐喊，比赛结束，一家人开开心心抱着孩子在球场上合影留念，直道天凉好个秋。

这不是“美丽乡村”还能是什么？都说长江后浪推前浪，愿在“村 BA”的加持下，这里能涌现出更多优秀的篮球少年，一代更比一代强。

四 记分员潘举

“村BA”是赛事，更是孵化器，它给了黔东南及台江县前所未有的“巅峰体验”。“村BA”既是机会，也是挑战，它是一场空前的“大考”，当然，它更是一场空前的盛会。

对于个体生命来说，它还是一种贴心贴肺的爱，甚至蕴藏着一个人一生的光阴，他的喜怒哀乐，他的生老病死，他的千山万水，他的无怨无悔。

台江县委宣传部宣教中心主任张强，有着多年的宣传工作经验，十分擅长与媒体打交道。自 2022 年夏天“村 BA”火了之后，小山村的一举一动都受到外界高度关注。迎来送往是常态，但台盘篮球场上一天之内聚集 40 家媒体，还是让张强直呼招架不住，只能交代“你们自己管好自己”。

此外，一天之内接到 30 个与“村 BA”相关的电话也是常事。据张强介绍，普通人的电话大多与如何来台盘篮球场打球相关：需不需要费用？怎么才能够和当地村队打一场比赛？千奇百怪的问题让人觉得这里确实是中国“村 BA”圣地。

各路媒体的视野和定调则更加高远，比如人民日报：《一个村办篮球赛为何人人爱》、农民日报：《“村 BA”的下半场》、工人日报：《在最好的时光感受体育之美》、贵州日报：《有一种力量叫“村 BA”》等，皆赋予了“村 BA”非凡的意义。尤其中央电视台《二十大时光》特别节目第一期讲述的便是“村 BA”的故事，标题为《贵州台盘：火遍全网的小山村和它的篮球赛》。节目嘉宾在解读时亦认为，火爆的乡村篮球赛，是中国十年经济社会变化的缩影，也成为观察中国式现代化的一个窗口。

用小山村的篮球赛连接中国式现代化，放到过去，是难以想象的。但“村 BA”的热度，并没有随着时间的推移而减少，它的可持续性超出了很多人的预想和推测。

2023 年 3 月 25 日，随着首届贵州省美丽乡村篮球联赛总决赛的举行，台江大酒店又变得一房难求。主动找上门来报道的媒体，驱车飞驰在山间时而开阔、时而狭窄的公路上，相互交流间一种“朝圣”的心情油然而生。对于他们中的大多数来说，尽管已经来台盘采访多次，其实并没有亲眼一睹、亲身体验过台盘篮球场的万人盛况。我也是其中之一。历时半年的“村 BA”报道，让我交到了不少朋友，也收获了许多难以忘怀的故事。

杨冠强是新疆喀什大学的老师，也是中国人民大学的在读博士，关于“村 BA”的田野调查，他已经开展了近三个月。这一次，我们约好在台盘篮球场见面。不过在这之前，我要先找到一个叫潘举的台盘村民。

据杨冠强描述，日常生活中的潘举是一个“不务正业”的人，但就是这么一个“不务正业”的人，从 15 岁开始，就成为“村 BA”的义务计分员，这份没有收入的“兼职”工作，他一做就是 28 年。

是什么样的力量，让潘举在篮球场边坚持下来？这么想着，我在傍晚的街道上，远远地看到了潘举。这位个头不高但身材壮实的中年男子，是台盘村民热爱篮球的缩影和见证，默默无闻却不可或缺。

听说记者要找他聊天，潘举显得很高兴，连连说要请客吃晚饭。不过其间出了个小插曲，为了保障次日总决赛的场地用电，中国南方电网正在对台盘村的电路进行最后的调试，傍晚的村庄是停电的状态。潘举一路问了好几家餐馆，人家都表示停电没有办法炒菜，潘举也不以为意，依旧自豪地向沿街的乡亲们介绍我的来意。

“要不，咱们去你家看看，随便吃点？”

“不好意思，不好意思，我家太乱了。”

潘举往台盘篮球场的方向走去，最后在球场边找到一家新开的火锅店，可以用天然气做吃的。

“老板火锅怎么吃？多少钱？”

“猪脚火锅 60 元，牛肉火锅 80 元。”

“你要吃啥？”

“猪脚火锅吧。”

看着潘举从口袋中掏出张皱巴巴的 50 元，有些不忍。但潘举一再强调要请吃饭，也不好推却。坐在淡蓝色的应急灯下，夜幕已经降临。这家火锅店位于台盘篮球场的顶端，此刻从店里放眼望去，整个篮球场的景致尽收眼底。火锅店的老板操着外地口音，应该是“村 BA”出圈后，看中了这片场地的生意人。

手机铃声响起，潘举在一顿寒暄后，表示要离开会儿，原因大概是球场上有人找他帮忙。临别时，叮嘱务必在这里等他回来。

3 月底的贵州，依旧在一片春寒料峭中，夜晚台盘村的气温有些低，需要换上轻薄的羽绒衣才可以。因为穿少了衣裳，我只得坐在火锅店里发抖，巴望着能从热气腾腾的汤底中吸纳点能量。不一会儿，火锅店老板端着盛有猪脚的汤底上来了，并在应急灯下翻动着锅内猪脚展示分量，表示“诚信待客，一定不会短斤少两”。

“谢谢老板。”温暖说来就来了。

苗族的酸汤，是贵州颇有特色的饮食。人们喜欢在汤底刚沸腾时，盛一碗酸汤，感受口中的柔和清透，还有它的活泼轻盈。只是此刻，端着酸汤往口里送，感受到的是热汤加上发散效果极好的木姜子，瞬时袭满周身的温暖。夜晚的食客越来越多，火锅店渐渐热闹起来。我默默注视着眼前的一切，有一种说不出的好心情。

这次来台盘，除了看到篮球场扩建一新外，发现周边的业态布局也有所变化。原先看台下的部分门面被拆除，变成了运动员比赛需要的更衣室、淋浴室、洗手间等。新建的媒体之家里，建起了小型的新闻中心，可供记者访谈、写稿使用。当然，更大的计划正在酝酿中，通过球场边的展板，可看到台盘村篮球小镇的规划示意图，包括室内篮球馆、“村 BA”商业街、稻田休闲区、健身步道、缆车乘降点等。

夜色将小山村包裹着，四下里漆黑一片，只有篮球场上有灯光。为了准备第二日的总决赛，此刻各方人马正在球场上忙个不停。比如，挑选最佳视角以及赛前备采的媒体，正一小堆一小堆地分散在球场各处；贵州省篮球协会副主席兼秘书长朱宝林，正拿着卷尺指挥场地调试。在事后的交流中，朱宝林表示，尽管大多数人到此是为了看热闹，但篮球比赛的专业性不能丢。

政府有关部门也在忙个不停，正组织力量在球场顶上的生态停车场上规划小吃摊位，并搭出一个有露天大屏幕的观看场地，气势杠杠的，颇有夏天看世界杯的味道。

潘举回来了，手里提着一小瓶酒，直言要为自己庆祝一下。汤锅里咕嘟咕嘟地冒着热气，潘举大快朵颐地吃了起来。尽管不能喝酒，此刻我也为潘举感到高兴，我们一起笑谈了许多生活琐事。

如果没有篮球，应该很少有人来过问潘举的生活，他是茫茫人海中最容易被忽视的那一位。没有正规的工作，没有结婚的对象，只有小山村里的篮球比赛，让他找到了存在感。

过去的28年中，潘举认认真真地履行着记分员的职责，渐渐成为球场上“有影响力的人物”。比如球队报名参赛，比如安排位置，再比如搬起球场边的一个沙包……这都让潘举忙得不亦乐乎。他把微信名取为“开心”，是想分享这份篮球给生活带来的快乐。

说起15岁那年成为记分员的原因，他很快借来笔墨在本子上展示了一番——原来写得一手好字。他说自己记了这么多年分数，没有出过大错，也见证着球场上的高潮迭起。只是去年改造后的台盘篮球场，改为电子计分了，自己“近30年的计分生涯就此结束”。说罢潘举显得有些失落。

一张破旧不堪的荣誉证书，始终被潘举珍藏着，上面写着：潘举同志，吃新佳节优秀记分员，特发此证。

时代洪流滚滚向前。为了让球赛更有氛围，更有现代感，小山村的篮球架上安装了电子计分器。据说如果场上出现“绝杀”，计分器上跳动的分数要比需要用手翻的记分牌更能点燃气氛。但对于“就此退役”的记分员潘举来说，遇到村民非正式比赛，只要有人招呼，他就一定会出现在场边……

或许对于潘举而言，任岁月怎么流逝，纵是人事更替，不都是一样热爱篮球吗？这个，永远变不了。

五

谁是最『沸腾』的人

在苗乡侗寨密布的黔东南，篮球比赛早已和节日里的民俗活动混搭在一起。无论是出于对族群文化的秉持，还是出于个体生命的禀性所致，球员、家属及观众，都会带着一种过节的狂欢和喜庆参与其间。

在“村BA”现场，观众的参与度超出你的想象，甚至可以称他们为篮球史上最沸腾的观众。

“村BA”之所以有别于地球上任何一个角落的篮球比赛，很大程度和它的观众群体有关。在这里，无论球员还是观众，大家拥有共同的归属感以及对彼此身份的认同，其间文化、情感和心理上的关联度极强，可谓“乡土人情”和“族群向心力”兼具。

正因为如此，对于游客和看直播的网友而言，他们感知到的，已远远超过篮球比赛本身。这种新奇感，带给他们的体验是前所未有的。

近年有个热门话题，叫“量子纠缠”，就此大家口里也常说什么能量磁场一类。对于热气腾腾的“村BA”，观众和球员，体育与民俗文化，是一个相互点燃、相互滋养的“共场”。人心的沸腾，体格与汗水，飞奔的篮球，多姿多彩的歌舞，质朴有趣的民风，它们共同激发出一个特别火爆的时空域，展示了生命最本然的活力和美。

图17 现场观众　（向忆峰/摄）

一阵阵“呼呼”的声浪席卷而来，一声声“好球”将气氛一次次带向高潮。球场上，高分贝的喇叭传出现场解说员杨鹏的声音，他用普通话、方言、苗族语言轮番进行解说，饱满的情绪，洪亮的声音，为本就沸腾的现场注入了经久不息的活力。

平日里，杨鹏在建筑工地做木工。“篮球季”到来后，他便和镇里几位篮球爱好者自告奋勇担任篮球赛的解说员。“在这里，没有主客队之分，大家只为优秀的球员喝彩，每个人都乐在其中。”杨鹏说，“我们的比赛没有门槛，就算打不了正式比赛，每个人一样会有上场的机会。”

这就是“村 BA”独特的魅力，到了中场休息，面向观众的“三分球投篮赛”就开始了——有的村民早已跃跃欲试，有的孩子在家人鼓励下上场，脸上挂着几许不好意思。投中的接受众人的欢呼，没中的做个鬼脸笑笑离开。这是属于每个参与者的时刻，谁都可以站在三分线前，成为众人目光的焦点。

杨鹏拉着 6 岁的儿子杨子博上场了。只见杨子博接过篮球，拍了几下，然后稳稳地将球投入篮筐。进球后父子俩击掌相庆，并赢得全场喝彩。

待夜色渐渐深了，火热的气氛会从场内烧到场外——经过十几个小时的比赛，很多人都需要吃点东西垫垫肚子。场外的空地上摆满了小吃摊，部分刚下场的球员吃着烤串补充体力，孩子们踮着脚尖挤在冷饮摊前，嚷着要让父母买单。

在“赛事季”，当地政府专门划出几十个摊位，让村民售卖小吃。一位卖冰粉的 00 后摊主介绍说，除了要缴纳一点卫生维护费，她不用向组织方缴纳其他费用。

她半开玩笑地说，希望桶里的冰不要那么快融化，自己的“手速”能再快一点。“虽然这几天凌晨四点才能睡觉，不过也不觉得累。你们不来，我们哪有生意？”

深夜刮起一阵阵凉风，白天的暑气渐渐消退。摊点的炭火和场内的欢呼声，仍然在拉高每一个参与者的兴奋度。此刻，只有天上的星星是安静的，仿佛在等待下一场赛事的开启……

在一些视频平台上，关于台江乡村篮球赛的短视频引发上了万人发弹幕评论。有人说，大众体育与精英体育的分野应该是“专业知识”，就是所谓的看热闹和看门道的差别。然而在“村 BA”赛场上，并没有太多的人在意这种区别，看热闹也好，能看懂专业比赛胜负细节也罢，都可以。在这里，只要与篮球有关，一切都“被允许”“被接纳”。

这一天，午后的阵雨来去匆匆，稀疏的蝉鸣和蒸腾的大地，都在提醒着农家，一年中最热的时节已经来临。趁着天晴，台江革一镇革一村田坝片区村民张洪丽，带着一家四口匆匆前往相邻的屯上片区。在那里，一年一度的篮球赛已经开打。

露天球场的水泥看台已涌入不少观众，张洪丽为孩子们找了个背阴的座位。“等晚上人多的时候，我们一家只能轮流上厕所，就怕位子被占了。”张洪丽说，篮球赛从下午开赛，一直打到凌晨两三点，看得十分过瘾。

“小时候，要走一个多小时山路，才能到最近的赛场看球；长大了，自己和姐妹们在水泥硬化过的院坝打球；结婚后，带着孩子坐在灯光球场看球。”张洪丽的三句话，总结了她与苗乡球赛的缘分……

这就是“村 BA”的魅力，首先它拥有非常强悍的“观众缘”，可谓男女老幼通吃。其次，这是何等奇特的一类观众群体——忠诚又热烈，即便放眼全球，估计也是“独此一家”。

记得有一天，在“村 BA”圣地台盘篮球场，驻村干部介绍说，由于看台上没有安装板凳，观众都是见缝插针、紧挨着坐，同时又非常有序。看他们坐得那么整齐，那么稳当，俨然就是“村 BA”的有机组成部分。

其实，“观众席”远不止这些蓝色的台阶。打比赛时，村委会门前的走廊上、赛场边的屋顶上、山坡上、玉米地里，都站满了人。一些村民还在赛场边的挡土坝上插了一些小木棍——借着木棍的支撑，他们可以在这个有 50 多度的斜坡上坐稳，某个角度看过去，仿佛个个都有“绝技”。这也是一景。

一场球赛的现场观众，有时会达上万人。奔赴现场的观众，远不止台盘村的村民，周边村镇以及外省的篮球爱好者都会慕名前来。年过九旬的老人来现场看比赛；外省的观众开车过来看球赛；站在斜坡上的球迷把鞋脱下来套在手上，用半跪的姿势紧盯球场……这里所有的篮球赛都不设门票，观众自由选座，先来先选。

“比赛一般是傍晚开始。但如果想占个好位置，至少得中午就来，下午一两点都嫌晚了。”回忆起比赛时的盛况，一位村民一脸的意犹未尽。

说起“吃新节”看比赛，文武有些激动。用他的话来说，“吃新节”举办篮球赛，村民登梯子看比赛，是相当正常的事情。“助威时，有人直接拿着锅碗瓢盆过来，也有举横幅和牌子去加油的。”每当进球的刹那，场边便会响起铁器撞击的声响。

值得一提还有中场休息，所谓的观众“三分球投篮赛”，常会出现不一样的“爆点”。比如当地的苗家阿哥阿妹会唱苗歌、跳苗舞，观众投篮命中，还能将当地猪腿、猫坡西瓜等奖品抱回家，那一脸的乐呵呵，那饱满的精气神，太有感染力了——在网友们的眼里，他们的确是世上最沸腾的观众，是世上最幸福快乐的一群人。他们给予这个世界的，不仅是视觉盛宴，更是真正意义上的原生态的“最炫民族风”。

所谓地球是圆的，篮球也是圆的，“村 BA”是野里野气的，大概就是这种感觉吧。

显而易见，网络上的“村 BA”粉丝们，并不一定是篮球迷，他们只是单纯地爱上了“村 BA”。就如网友“月亮背面的眼泪”说的，虽然她对篮球“一窍不通”，但已追了多场“村 BA”直播。“现场解说员的普通话与当地方言的双语解说模式，中场休息时啦啦队演绎的苗歌、侗舞、反排木鼓舞，还有为现场观众准备的西瓜、大米、猪脚等朴实无华的奖品，都为赛事增加了无穷的趣味性，让我惊叹，原来现代乡村文化如此多姿多彩。”

“村BA”的故乡

从历史和地理的角度，万山簇拥的贵州因为交通难以抵达，在古时常被视为贬谪之地。早在宋代就有“惟尔贵州，远在要荒”的记载，明代大儒王阳明还这么描述过贵州：“连峰际天兮，飞鸟不通。”意思是大山连片，鸟都难以飞过。

另一个角度看，曾几何时，交通的难以抵达，又让贵州的山地文化与民俗得到了很好的“保鲜”。就如苗族舞蹈和飞歌，还有侗族琵琶歌，在“村 BA”的语境下，引发出一种别开生面的“体育狂欢”。

中国篮协主席姚明曾提出，“要孕育具有国际或区域重大影响力的原生品牌赛事”。打造原生品牌赛事，或许正是“村BA”努力的方向。

在城市化进程中，贵州具有后发优势，那么贵州的乡村更具上升空间。在21世纪，尤其在追求共同富裕和高质量发展的前提下，区域间发展的不平衡终会得以消融。个人与环境，族群与国家，民族与世界，文化传承与流变，始终伴随着人类的文明史、发展史。

在“村 BA”的故乡，一切皆有可能。

01

生命的律动，可以是篮球，也可以是献给篮球的歌声。因为篮球和音符，都是世间最具魅惑的存在。尤其在歌舞之乡黔东南，篮球飞舞，一定是插上了歌声的翅膀。

“你们贵州还有音乐公司？”“你这家音乐公司还开了十多年？”多年前，音乐人对张超说的一句玩笑话，其实与今日“村 BA”的火爆有相同之处。因为不了解，所以感到神秘，进而有了巨大反差后的意外之喜。

2022 年 8 月 3 日晚，张超打开手机，一场正在直播的乡村篮球比赛吸引了他的注意。前几日因为“村 BA”而在网络上“爆火”的台盘篮球场，在这天夜里，迎来了贵州省“美丽乡村”篮球联赛黔东南赛区决赛——凯里市队 VS 黎平县队。

张超是凯里人。作为中国民族风音乐代表性人物，他携手玉镯儿为此次贵州省“美丽乡村”篮球联赛创作了主题曲《奔跑吧我和我的村》。凯里 VS 黎平，事关家乡荣誉，屏幕这头的张超心里暗暗较劲。然而，当熟悉的旋律从比赛现场传来，他又不由得会心一笑。

千山绿，万水青，喷薄的朝阳。
稻田风，谷时雨，陪伴我同行。
翻过山，越过水，相聚在这里。
向着未来去出发，我们一起拼。
一条路，千颗心，追梦的身影。
锣声声，鼓声声，时代的回音。
风不停，云不停，脚步过千岭。
向着梦想去奋进，我们有决心。
奔跑吧我和我的村，打开这幸福的大门，
创造出我们的奇迹，凝心聚力的团队就是我们。

从当年写给凤凰传奇的《最炫民族风》《自由飞翔》《荷塘月色》，到近年来的贵州音乐地理作品《一步青山一首歌》，张超始终践行着自己的音乐理念。在他的音乐里，旋律的流线就像一条小路弯弯曲曲延伸向远方，沿途都是美丽风景。尤其奇妙的是歌词，简单、易懂又不失内涵，生长在贵州的人们，会觉得每一句都在讲贵州，不熟悉贵州的人，又会觉得这里面唱的也是自己的故乡。

《奔跑吧我和我的村》无疑也是这样的作品。

2021 年冬，张超接到贵州省体育局的邀请，为正在进行的首届贵州省“美丽乡村”篮球联赛创作一首主题曲。尽管此前张超已经为诸如凤凰传奇、杨钰莹、郑源、胡歌等流行歌手创作了上百首作品，但为村子里的篮球队创作“加油歌”却是第一次。

如此大胆的想法，任谁听起来都十分炫酷。不过并非没有要求——主办方认为，主题曲不仅是一首篮球的歌，还要写出乡村振兴的愿景；里面篮球的元素不要太重，歌曲要能适用于任何乡村场景。但是2022年初反反复复的疫情，使得篮球联赛一度停摆，张超原本想去现场看看比赛，彼时也只得坐在原地脑补。

好在贵州这片土地他太过熟悉，音乐人的想象力又极为丰富。趁着灵感，张超写得畅快淋漓，在那个未完成的音乐世界里，“路”似乎就在那里，他只需要走过去就行。他和玉镯儿最终为新歌命名《奔跑吧我和我的村》。脱口而出的时候，贵州那些美丽的村寨在张超的眼前星星点点地跳跃起来，一切都那么鲜活，那么灵动……把歌交给主办方自然是一稿通过。

感染力和传唱率，是张超音乐最大的魔力，一言蔽之就是“好听、好唱、好记”。为此，每每创作之时，张超始终保持着这样的习惯——将小样拿给身边的家人、朋友听，拿给年纪大一点的人听，拿给坐在田边的农民听，再问问他们听得懂吗？能不能唱，会不会唱？特别注意人们对歌曲的接受度。

好像这首《奔跑吧我和我的村》，并没有经历特殊的发布环节，只是在“村BA”的比赛现场播放，同样收获了无数真诚反馈。其中，最为特殊的群体便是赛场上的队员们。

“这是一首什么歌啊？”有人问。

“这是一首给我们的歌吗？”有人再问。

“村里的比赛竟然还有自己的主题曲。”队员们显得有点惊异。

“好高级噢！好高级噢！”队员们的脸上露出得意的神

情，仿佛这不是一场村里的比赛，而是CBA的全明星赛。

但这确实是一个村级比赛，以篮球为载体，“我和我的村”在乡村振兴的大道上奔跑起来了。时代在变，黔东南在变，“但这里的氛围和民风，却一直没有变”。这是张超引以为豪的事情。

凯里市三棵树镇，是张超父母参加三线建设的地方，也是他长大的地方。作为中国经济史上一次极大规模的工业迁移，三线建设极大程度提高了贵州的工业生产力，也为贵州带来了大量移民。就这样，天南地北的人们在这里相聚，每个工厂都是一个小社会。工厂内除了车间、厂房、办公楼外，还有职工俱乐部、礼堂、职工宿舍、医院、学校、食堂、灯光球场、电影院等等。

当年灯光球场人山人海的热烈场面，给少年张超留下了深刻印象。那是物资相对匮乏的年代，人们对于精神生活恰好显得无限向往。尤其让张超印象深刻的是，这片土地上静谧的田园生活与声势浩大的民俗节日轮番交替的奇妙体验。

厂区之外的生活，是每个周日随家人到附近的挂丁镇赶场。因为在那里，能买到稻草拴好的鸡蛋，野枝穿好的鲤鱼，装满竹篮的粑粑……挂丁镇有条巴拉河，河水很清，夏天时工厂会用大卡车拉着家属们去游泳，有时候学校上美术课，老师也会带着学生们去。沿路刺梨花开，蜻蜓搭肩，大家在河里翻螃蟹，美术老师从口袋里拿出盐，大家就着盐生吃螃蟹。

除了三线工厂，小镇上苗寨居多，吊脚楼错落地立在山坡上，青色的大山、黄色的谷子、乌黑的寨楼，构成了三棵树镇的基本色调。云彩之下是层层梯田，溪流旁是饭稻羹鱼的村落。张超记得，吊脚楼上的小姐姐靠在栏杆上的样子，头上插

图18 西江苗寨春节过大年的芦笙团结舞 （李雪/摄）

着花，唇红齿白，楚楚动人。当然，也少不了楼下多情的阿布（苗语：阿哥），一边仰望一边吹着木叶，声声传情。

“山有木兮木有枝，心悦君兮君不知。”那是黔东南少数民族男女青年特有的交往方式。等到了节日里，女孩们穿着盛装银饰，走路时哗啦啦响，像水在流淌。歌舞也变得热烈而跌宕起伏。很多年后，张超将这段记忆写进了一首名为《三棵树》的曲子里。

生长在这样的环境里，张超从小就喜欢音乐。苗族古歌、侗族大歌，都是大家喜闻乐见的，很难说不是黔东南特有的土壤为张超埋下了音乐的种子。只是当年苦于没有条件去学，大学还考了和音乐毫不相关的中文系。有意思的是，冥冥中命运总是自有安排，某一日，他买了一把吉他，试着边弹边学写小曲，没想到从此便一发不可收。

2003 年、2004 年，网络音乐刚刚兴起。张超开始钻研如何用电脑制作音乐，他把自己做好的作品发到网上，和喜欢音乐的网友一起交流，越发感受到制作音乐的乐趣。

渐渐地，写歌就像起床吃饭穿衣一样，与无数个平凡的日日夜夜合在一起。但真正写出气候来，应该也是机缘的成熟。2007 年开始，张超创作的《自由飞翔》《最炫民族风》《荷塘月色》，随着“凤凰传奇”的声音火遍大江南北。

当然，人们对于张超更加深刻的印象，是出于“中国梦想秀”舞台上的那一首《我在贵州等你》。那是他第一次从幕后走向前台，目的是推广这首写给家乡的主题歌。

那一日，站在舞台上的张超，显得有些紧张和单薄，直言不太会表达自己，唱歌也不太好听。不过当音乐响起，所有人都定住了——

等到天都蓝了，等到云都白了，
等到每缕微风，都带着醉意。
等到花都开了，等到山顶红了，
等到每颗星星，都为你亮起。
我在贵州等你，等你和我相遇，
等待如此美丽，嘿久。

人们似乎能从张超清澈的眼眸里，看到贵州的蓝天白云，从那悠远的旋律中，感受到大山深处的长久等待。穿越都市霓虹，穿越人海茫茫，一曲结束，张超哭了，台下观众也湿了眼眶。对外澎湃，对内洗礼，这是贵州音乐在全国观众面前一次成功的亮相。

因为《我在贵州等你》，张超与很多人结缘。一次在省外，有个小伙子偷偷跑到他面前哭起来，说一个人在外面打拼，想家的时候就听这首歌。

成名以来，张超拒绝了很多前往北京制作音乐的机会，始终选择留在贵州，他深信音乐要与生活在一起，要有原乡的情愫。仿佛只有家乡，才让他如此心安。

背上行囊，轻身走进深山密箐，听鸟鸣嗅花草香，领受大自然的抚慰与滋养，是多么惬意，多么自在。作为音乐人的张超，更喜欢去那些村寨里采风，并将此视为一种看见与领受的方式。“多彩贵州，村和村之间大不相同，你甚至可以为每个村子都写一首歌。”不过现在创作《奔跑吧我和我的村》的情感，似乎与10年前《我在贵州等你》时大不相同了。

10年前，张超走过西江千户苗寨，听到满大街的“雪山草原”，觉得贵州应该有一首属于自己的歌。但该怎么表达呢？他多少还是有些忐忑不安。彼时的贵州，尽管已经在经济、社会、文化等多领域千帆竞发，展现后发赶超之态，但在外界的认知度还是比较低。怎么才能打动听众？张超认为还是要以情动人，于是那句“我在贵州等你”，唱出了贵州人最质朴的情感。

10年后的今天，贵州经济社会大踏步前进，脱贫攻坚取得全面胜利，彻底撕掉了千百年来绝对贫困的标签，从“千沟万壑”到“高速平原”，人民群众的生活焕然一新——贵州在乡村振兴的大道上跑了起来。在写《奔跑吧我和我的村》时，张超的心中充满了底气。整首歌的创作感受跳跃而澎湃，热烈又清新，体育的动感之美与新时代乡村之美，交相辉映，美美与共。

张超说，自己有一年去肇兴采风，认识了一个弹侗族琵琶的小伙子——

“第一次见他，是在一个酒楼里，给客人唱歌。客人都是来吃饭喝酒的，没有一个人是冲着他的音乐来的，我看他的表情很平淡。

“第二次见他，是在黔东南歌舞团，他在大舞台上表演，抱着侗族琵琶边唱边弹，表情很自豪。他在用音乐告诉人们，这个民族的历史是什么，这个民族的感情是什么。我想这才是他应该唱歌的地方。但后来我发现自己的想法并不对。

“第三次见他，是在肇兴侗寨，在他家里。他跟我说现在靠卖侗族琵琶为生，卖得还不错。那天晚上，他家里全是游客，大家都是听到他的歌声自发围拢过来的。那一刻，他脸上的表情就像个大明星站在万人的体育场开演唱会。我想，这个时候，音乐的价值才完全体现出来。”

音乐不该被关在城市的 KTV 或手机 APP 里，就像篮球也不局限于 NBA、CBA 那样的高端赛场上，它一样可以在地里乡间，在任何有篮球场的地方，在任何喜欢它的人跟前。

在张超最熟悉的黔东南，每每采风，走得累了，乡亲们就会热情地邀他进家，围着火塘，吃饭喝酒，大声欢唱。你唱一首，他唱一首，你唱过来，他对过去，这是在贵州民间可以感受到的一种生命状态。

如此看来，音乐和篮球都是这片土地上特有的生活方式。这何止是“我在贵州等你”，还有“村 BA”在贵州等你。动人的歌声点燃了黔东南的篮球，点燃了黔东南的“村 BA”，更点燃了这个时代……

02

> 当外部世界用新奇的眼光，打量和享受大山里的原生态时，大山里的原住民却不可能一直“待在历史的候车室里”，生存与发展，追求和享受现代文明带来的福利，是他们最基本的权利与诉求。

文化绚烂多姿，人心古朴，敬畏大自然，崇尚英雄，恪守公德良序，注重族群内部的团结以及当地的发展，这些，都是山地少数民族的共同特征。这里面，既要有发展，也要有保护，除了国家在宏观层面的政策扶助和管控，更需要基层的合理认知和执行力。

这个意义上，一个黔东南州，一个台江县，甚至一个台盘乡、台盘村，能把声势浩大的“村 BA”组织管理得有条不紊、像模像样，这背后，同样有许多令人动容的故事。

以深厚的民意做基础，“村 BA”在台盘成功展现了跨世纪、超过 80 年、跨越三代人热爱的奇迹。它以台盘乡场为中心形成了聚集周边人气的强大磁场，也牵引着他乡游子盼归故乡的情感。同时，伴随“村 BA”的发展演变，台盘正在发生着更大的变化。或者说，二者正处于一种相互滋养、相互加持、相互成全的“良性生态”中。

岑江龙手里有个笔记本，里面除了记录每年组织“吃新节”篮球赛的参赛队伍、经费筹集、人员分工外，还记录着近年来台盘经济社会的大变化。

“2022 年 6 月，篮球协会收到金秋梨合作社 700 元用于赛事组织。”

“2020 年，杨东明购买新车，大家放鞭炮祝贺。”

这样的“流水账”，记下了台盘村新型农业生产经营主体大发展，农民衣食住行水平步步高。

“2022 年 9 月，推荐家庭较为困难的杨琦江、张海到村担任公益性岗位（保洁员）。”

“2022 年 8 月，到大学生退役士兵李志家中探望。”

这样的“兜底账”，记录着社会建设加速补齐民生短板的点点滴滴。

动人的光阴故事，往往典藏于平实之处，在生活平凡的点滴之中悄然发光。

台盘村党支部书记张寿双，在 2021 年参加了宜居乡村建设培训，为的是让房前屋后“园林化”。过去家家房前屋后乱堆乱放，厕所是“一个土炕两块砖”；现在全村环境不仅变好了，还发展了“庭院经济”，“厕所革命”则普及了水冲厕。

有数据显示，2022 年台盘村村民小轿车拥有数已从 2012 年的 15 辆增加到 93 辆；基础设施不断完善，从台盘村出发，10 分钟上高速，半小时到高铁站，5G 网络全覆盖，村里家家户户都连通了水泥路。村民年人均纯收入从 2012 年的 4360 元，提高到 2021 年的 1.56 万元，增长了 3.58 倍。

这样的变化，是台盘村人没有想到的，当然“村 BA”的火爆更是台盘村人没有想到的，这些没想到的，都变成了现

图19 NBA篮球明星走进台盘　（张晓晟/摄）

实。为什么眉头展开了，为什么路上行人的笑脸多了，芝麻开花节节高嘛，一切都在向上、向阳，有盼头。这样那样的积极改变，鼓舞着台盘人，而今他们都想着要好好地谋划未来。

早些年，台盘篮球场所处位置还是一方斜坡，村民们在这里开垦出错落层叠的梯田。2013 年，因建设 320 国道，梯田所处的沟壑被征拨，成为堆放建筑废弃渣土的场所。2016 年，台盘村委会召开村民代表大会，大家举手表决一致同意将此处填平，在渣土上建起了露天篮球场。

如今“村 BA”火了，村民们当然也要一起来共商未来。

“寨管委”“组管委”“十户一体”，近年来黔东南推进全过程人民民主，深入探索实施乡村治理机制。作为村民自治的一个缩影，“村 BA”从自发组织，到数百名村级志愿者全程参与赛事服务，其火爆场面的背后，是井然有序的治理与始终和谐的氛围，真切地体现了村民作为美丽乡村创造者、建设者的主体地位。

2022 年 8 月 23 日，又到了台盘村院坝会的日子，村中老中青三代悉数到场。当日的议题主要围绕“村 BA”球场后期改造规划，以及如何借“村 BA”的火爆之势与台盘抢抓机遇谋振兴求发展结合起来。

当主持人张寿双话音刚落，村民杨宁抢先发言：“希望村容村貌的改造工程，能让村里的青壮年劳动力参与！大家都想为乡村振兴出一份力！”杨宁的神情，有股自强不息的劲头，赢得了大家的热烈掌声。作为村里最早的一批大学生，他在电子产品外观设计行业摸爬滚打了近十年。

年轻人有年轻人的志向，老一辈也有老一辈的情怀。

"'村BA'的走红不是偶然，而是必然的！"作为土生土长的台盘人，台江民族中等职业技术学校督查室主任李正奎始终心系家乡发展。"这些年，村里面每年都要考出去十多个大学生，村庄脱了贫，农民致了富，路越走越宽，日子越过越红火，这个过程中，球场就是磁场，凝聚了民心、鼓舞了士气！"在李正奎眼中，篮球运动，是台盘人团结奋进、拼搏向上的精神传承，也蕴集着大家创造美好生活的底气。在他的呼吁下，完成台盘村教育基金创建后，还要把"村BA"写进村志激励后人。

随后的发言，始终围绕一些具体的事项展开，所谓战略战术两手抓，就是这种感觉。有人问："要不像凯里市体育馆那样围起来？要不要在看台上加座位？"有人答："不能围、不能加，弄成标准体育馆的样子，就失去了我们的'野味'。"

人群中忽然有人说："以后来看咱'村BA'的人如果越来越多，是否考虑收门票观看，是否考虑赛事直播的收益？"

此话一出全场愕然，紧接着是一阵窃窃私语。村民们的骚动不难理解，这毕竟和每个人的利益紧密相关。不过让人惊讶的是，他们很快就做出了决断。只见80岁的陆大江跳起来道："怎么能收钱呢，过去最艰苦的年代，我们也没想过用比赛本身来赚钱。"

"是啊是啊，如果火了就收门票，那就不是'村BA'了。"有人附议，一个，两个，三个，声音越来越响亮，越来越整齐。

成为驻村第一书记以前，张德在台江县投资促进局工作。在他看来，紧跟"村BA"流量而来的还有资本。想对"村BA"进行商业化开发和打造，纷至沓来的篮球俱乐部和赛事运营公司，以及动辄几十万元的冠名费、上百万的深度合作资金，时刻挑动着这个小山村的神经。但沉下心来的最好办法，是遵从内心朴实的想法——“村 BA”到今天是一代代台盘人努力的结果，“村 BA”的未来也要一步一个脚印地走。

入秋之后，台盘篮球场很快进入了扩建阶段，到冬天基本完成。加高后的看台被统一涂成了好看的海蓝色，层层叠叠如海浪翻滚。新增的扶手，保证了观众上下看台的安全。

在球场边的展板上，展出了台盘村的规划示意图，包括室内篮球馆、“村 BA”商业街、稻田休闲区、健身步道、缆车乘降点等。

岑江龙取消了外出务工的计划，每天忙着接待一拨又一拨的“村 BA”考察队伍。他有了大干一场的信心，“篮球主题餐厅”“民宿”这样的字眼，时不时从他口中蹦出来。当然，更大的计划还在酝酿之中。

2022 年夏天，火热的“村 BA”为这个不在贵州旅游版图上的自然村寨带来了 50 万游客，直接拉动全乡餐饮等行业消费 4000 万元以上。未来，黔东南希望通过文化杠杆，推动体育赛事与民族传统节庆、乡村旅游、农产品销售齐头并进，探索出一条符合全体人民共同富裕的中国式现代化乡村的可行之路。

如果跳出台盘一域，从更广袤的空间来看，贵州大地上涌现出的 5000 多场“村 BA”比赛，通过主客场比赛方式丰富农村居民精神文明，推动各区县、乡镇、村寨的开放与交流，撬动农村一、二、三产业融合发展，探索“篮球 + 新业态”的乡村振兴新模式，让“村 BA”在助力乡村振兴和共同富裕的路上，带来了更多的收获和惊喜。

2021 年 5 月 26 日，“美丽乡村”篮球联赛，作为贵州省级 IP 赛事正式启动，以村镇为主战场，广泛号召年龄在 22 岁到 45 岁的本地乡镇居民参赛。通过乡镇赛、县区赛、市州半决赛、省级常规赛和总决赛的竞赛模式，覆盖全省 9 个市（自治州）、88 个县（市），共组织民间篮球队 2624 支，覆盖群众 446.75 万人。

一代又一代的村民，也是一代又一代的乡村篮球人，他们的光阴故事说不尽道不完，包括他们会对某个完全“小白”又对篮球充满兴趣的孩子来一句：“需要注意投篮的姿势、手型，拿球的手，要呈 90 度打开。”这句话是启蒙，也是传承。在这片土地上，这种“光荣传统”一直未变，传帮带，既是方式方法，也是氛围和风气。

这是怎样一群可爱的大山儿女，因跨世纪的娱乐爱好，打出个闻名天下的“村 BA”，随后又能很务实地商议，该如何借“村 BA”的东风，更好地改变命运，谋求更大的发展，更好地赋能家乡的未来。

二 “天亮文化”与歌舞之乡

01

这里的人们，这里的文化，总是能给这个世界带来惊喜，带来不一样的观感。

从白天打球到黑夜，从黑夜继续打球到天亮，“村BA”的火爆出圈，还展现了黔东南独有的“天亮文化”——唱歌跳舞到天亮、斗牛比赛到天亮、打球看球到天亮。

所谓“天亮文化”，与节日里密集的日程有着密切联系，无论是篮球比赛还是斗牛比赛，因为时间有限，参赛队伍众多，群众热情高昂，不得不在一天一夜间完成所有规定动作。如果上万人的乡村篮球赛场，在短视频时代已经大大超乎想象，那你一定还没有见过坐满5万人的亚洲最大斗牛场。

“不说了，不说了。一说斗牛，三天三夜也说不完。”

2022年10月，在榕江县七十二寨斗牛小镇的酒店大堂，黔东南自治州斗牛协会会长唐思明摆了摆手。言下之意，黔东南斗牛文化博大精深，想说却不知从何说起，但话题并未就此结束。

“对斗牛的选择是否有标准和参照数据呢？”

“不，主要靠相牛师。”

“相牛师会看走眼吗？”

“基本没有过。”

“据说斗牛比人吃得还好。”

“是的，因为代表了全村的荣誉。”

“……”

“中国斗牛看贵州，贵州斗牛看黔东南”，是唐思明时常挂在口边的一句话。前些日子，他接到西班牙驻华大使的邀约，希望能够在合适的时候见面聊聊两国的斗牛文化。

世界范围内，提起斗牛，西班牙斗牛广为人知。这种源于古代宗教祭祀的搏斗活动，如今已经发展成为伊比利亚半岛的高雅艺术，斗牛士则是英勇无畏的男子汉，被认为是勇敢善战的象征。在西班牙，全国拥有 300 多家斗牛场，每年 3 月 19 日到 10 月 12 日近 7 个月，被称为“斗牛季”。

与之相较，贵州黔东南的斗牛比赛，同样发端于民族祭祀，进而演变为节日里重要的娱乐活动。斗牛同样被苗族、侗族同胞视为健康、力量、勤劳、搏击、英雄的象征，在黔东南，每个县，乃至每个村都有非标准的小型斗牛场。

与西班牙斗牛不同的是，西班牙斗牛是人与牛斗，而苗族、侗族的斗牛比赛是牛与牛斗，也因其在千百年的流传中始终扎根民间，显得“野”味十足。此外，如同西班牙有斗牛舞，侗族同胞也在斗牛比赛的基础上，创造了一种名为“古式斗牛”的舞蹈。

唐思明出生的榕江县乐里镇，地处雷公山东南麓八妹河上游，地形复杂破碎，但生态良好，一年四季漫山遍野都是厚实的绿。山林间散落着 72 个侗族村寨，长期以来过着自给自足的农耕生活。

在唐思明的记忆里，五六岁时便跟着村里人一起看斗牛。平日里安静的村庄，忽然在那一日变得人山人海，人们站在山坡上、田埂上，期待着激烈赛事的开启。而斗牛比赛前后充满仪式感的一整套活动，同样给唐思明留下深刻印象。

比如比赛那天清晨，村子里家家户户的屋顶上都会升起炊烟，这是人们在给斗牛做糯米饭。“其实牛也不会吃，但糯米象征着有力气。”唐思明笑着说。等到斗牛出发时，寨老亲自牵引，全村人夹道相送的场面，颇为壮观。

斗牛比赛结束后，人们会聚集在场坝里继续娱乐，一起踩歌堂，进而衍生出了小伙子选新妇等相亲活动。也就是说，节日里的斗牛比赛、篮球比赛，其实都是欢乐的延续。

长大后，唐思明外出闯荡，成了一名成功的企业家。2012年，正是企业发展如日中天之时，唐思明在凯里市的大街小巷不断看到“绿水青山就是金山银山”的标语。他敏锐地感受到国家的政策变化，经济发展的方式要变。“既然要爱护绿水青山，那么大规模基础建设的时代很快就会过去，我们从事的是开山爆破工程，未来这个行业也许就像曾经火爆的物资公司、供销社那样萎缩、消失。”

做出这样的预判后，唐思明如履薄冰，眼下这个 2000 余人的企业，背后是 2000 余个家庭的生计。“跟我干的兄弟们，只会爆破工程，以后又靠什么为生呢？”几经思量，唐思明在 2014 年的集团年会上，向全体员工泼了一盆冷水。在“给全体员工的一封信”中，他分析了当前所面临的政策和形势，提出要转变公司业务的想法。

一石激起千层浪，高层们在开会时纷纷表示，无论从业务发展还是资金流来说，完全没有转行的必要，盲目转行反而会让公司陷入困境。

但唐思明始终坚持——“转行也许会失败，但不转行未来十年内一定会失败”的观点。

机会总是在不经意间来敲门。彼时榕江县乐里镇还处在贫困之中，听说村里出了个唐思明在凯里办大企业，常常有熟人来“化缘”。大多是活动赞助，虽然要得不多，但这个村来拿，那个村也要拿，唐思明觉得长此以往不是个事，便对乡亲们说：“要想办法发展。”

可如何发展？村民们一时想不到办法，便邀请唐思明回乡考察。只是当时看来看去，唐思明也不知道该怎么办。百感交集之中，他忽然想起小时候人山人海的斗牛场面：“既然大家这么喜欢斗牛比赛，我们就发展斗牛产业吧。”起初唐思明计划出资修建斗牛场，村集体经济以土地和木材入股，前者占60%的股份，后者占40%的股份。可是一问才知道土地和木材都在村民们手里，村集体经济没有钱，无法向村民流转。

唐思明又提出在股权结构不变的情况下，无息贷款给村集体经济，进行土地和木材流转。一切商定妥当之后，承载着众人期望的榕江县七十二寨斗牛小镇于2015年春开始建设，很快，一座长21670米、占地30余亩，可容纳观众5万人以上的亚洲最大的斗牛场已具雏形。

“主斗牛场修好后，2015年9月我们就举办了第一场斗牛比赛。”据唐思明回忆，比赛消息发出后，小小的乐里镇一下子涌入了12万人。巨大压力之下，唐思明首先放出1万张门票，不到半个小时便售罄。此后是根据现场情况层层放票，心里的弦一直绷得紧紧的，额头上也冒出密密麻麻的冷汗。

经此一役，唐思明发现面对如此大的人流量，斗牛小镇光有斗牛场还不行，还得有相应的配套，各种软硬件的实际考量，还得有疏散人群的广场，有住宿，有餐饮，有服务，有民俗文化体验……

接下来，一切都显得那么顺理成章。斗牛小镇的二期、三期工程应运而生，乐里镇的斗牛产业大幕也就此拉开。授人以鱼，不如授人以渔。乡村振兴需要的是系统工程思维，要立足于激发乡村的内生动力，完成从“输血”到“造血”的华丽转身。

从种草养牛到赛事组织，唐思明前前后后投入资金5亿元，除了在斗牛小镇建起可容纳5万人的主斗牛场外，还有东方斗牛博物馆、高端斗牛交易市场、侗族生活体验坊、侗族文化长廊、生态停车场、接待中心、酒店民宿等业态设施。

数据显示，2018年以来，斗牛小镇通过举办赛事累计接待游客近170万人次，年均带动消费额约1.3亿元，累计带动消费总额约6.5亿元。目前，榕江县七十二寨斗牛小镇已是4A级景区，并入选中国体育旅游精品项目。

“如果不是疫情影响，斗牛小镇的大型赛事可以吸引泰国、越南的斗牛前来参赛。”唐思明自豪地说。更让他骄傲的是，在斗牛小镇的带动下，村民们对于发展乡村旅游、在家门口致富的积极性大大提高。

为拓宽村民们的视野，增强发展信心，当地政府还带着村民们前往西江千户苗寨参观、学习。多重因素叠加下，越来越多的人选择返乡创业，外乡人也看准了这里的发展机遇——近年来乐里镇新建房屋138栋，流动人口增长500余人，城镇规模不断扩大。

图20 黔东南斗牛比赛 （吴仁善/摄）

在唐思明看来，斗牛不是简单的民间娱乐，而是苗族、侗族同胞精神的象征与文化的绵延。“过去再穷困的人家，被寨老通知凑买牛钱时，也不会推托。”据唐思明介绍，村里的斗牛大多市场价格在20万元以内，分摊到每家每户按照村寨规模从几百到几千不等。多多少少都会凑，因为这一点份子钱，便是村民们的“牛股”。此外，村里的斗牛也是吃百家饭长大的，由寨老制定规则挨家挨户轮流照料。

在民族地区的社会契约里，斗牛比赛有着调节社会关系的功能，所谓牛斗人和，村与村之间有什么矛盾，往往把牛拉出来斗上一场就能和解。斗牛比赛也就有着“一诺千金”与“公平裁决”的象征意义。“你看民间斗牛比赛前的祭祀，往往是向上天说明组织比赛的原因，希望通过比赛得到老天爷的公平裁决。所以赛场上分出的胜负，大家都要承认，自然而然也就在激烈、紧张的对抗中，一笑泯恩仇。”

不过，如果村里的斗牛总是输，村民们也会渐渐对它失去信心。按照风俗，最后的结局往往是被宰来吃。“听说你们村要杀斗牛了，邻近的村子都会来凑热闹，侗族有领客回家的风俗，人缘好的人家自然领的客就多。”唐思明表示，这个时候原先投入的“牛股”开始发挥作用，只有拥有“牛股”的人家才能分到牛肉，没有入股的人家因为分不到“牛肉”，就连请客的资格都没有，那一日只能闭户不出，连灶上的火都不敢点燃，想来也是十分狼狈。

从前只觉得斗牛比赛激烈而残酷，但听完唐思明的介绍，越发觉得这项民间活动有趣得很。作为一种民俗文化，它已深深扎根于黔东南的乡土社会中，与每一个村民的日常生活息息相关。难怪每到重大节日的斗牛比赛，寨子里的村民会倾巢而出，为“我们村的斗牛”摇旗呐喊到天亮了。

站在榕江县七十二寨斗牛小镇主斗牛场的山顶，眼前有些斑驳的露天赛场，与古罗马斗兽场竟有几分相似。与过去田坝里斗牛，赢的牛追着输的牛到处乱跑，场地缺少安全措施不同，这里的观众和斗牛区域是严格分开的，前来参加比赛的斗牛也有自己固定的“备战区”。据介绍，斗牛场标准的出现，预防了各种突发事件。

在这里，比赛中获得第一名的牛，牛主人会拿到一笔奖金，牛身价也随之成倍上涨。事实上，过去黔东南每年的斗牛比赛，奖金突破百万的赛事就有20多场，已然形成一条从养牛、驯牛、斗牛到斗牛交易的产业链。

唐思明说，随着雷榕高速公路的全线贯通，未来斗牛小镇将成为连接西江千户苗寨与荔波大小七孔景区的重要节点，距离榕江高铁站的车程也将缩短到30分钟以内。

“斗牛赛事可以聚集人气，但对于普通游客来说，要看完长达数小时的斗牛比赛还是不易的，所以大型斗牛赛事不会高频举办，小型表演赛更能满足市场需求，普通游客更在乎的还是一阵新鲜后的文化体验。”对于斗牛小镇的未来，唐思明有着诸多思量。

比如，他不断加大景区的软硬件改造升级，提升服务水平，研发七十二寨深度游、亲子游、研学游等旅游产品，拓展足球、篮球、民族民间体育等项目。目前斗牛小镇的三期工程已完成民宿、足球场、篮球场等主体设施建设。

造访榕江县七十二寨斗牛小镇的那天落着细细的小雨，建设中的景区并没有太多游客。但我却感受到了久违的兴奋。我曾去过夜色中的西江千户苗寨，认为那是一个充满魔幻色彩、能够给省外游客以巨大时空冲击力的地方。如今看来，在千山万壑的贵州大地上，随处都是诗意，随处都是奇妙。大家熟知的“穿越”“遇见”“碰撞”“融合”，在黔东南，都是现实。

当代文明与古老生活的画面正是如此交织出现，对“时间”展现一种奇异的不妥协，似乎每一幅景象都是不同时间里的碎片，每一条路都是时间旅行的隧道。它们，有无数的况味，有无数的方向，有无数的故事和体验。

就如眼前的密林峡谷间，榕江县七十二寨斗牛小镇正养在深闺。等它掀起盖头的那一天，所带来的时空冲击力也许会更强——这源于斗牛文化的冲击力。如果说人们开启一场旅行的根本目的，是对于新的生命空间和新的生活方式的寻找与体验，那么，斗牛小镇的未来将一定值得期待。

纷繁多姿是心灵的外化和投射。就如“村 BA”、斗牛和歌舞一样，是祖祖辈辈生活在这片土地上的人们，对美满和幸福始终有不由分说的追逐和热爱，他们以自己独有的血脉与禀赋，既守望着族群的文化，同时也积极接纳时代的赋能，从而书写出了不一样的人间烟火。

02

移动互联网时代，人们的生活方式、生产方式以及信息的传播方式，都发生了巨变。无论现实中，还是互联网上，大山与外面的世界开始相互打量、碰撞，并积极地回应着这样的打量与碰撞。

但人类故事的主旨似乎从未有过改变。没有遇见，就没有心动。没有心动，就没有永生的守望与挚爱。

在外界认识台盘之前，碧水青山、能歌善舞，才是贵州黔东南最鲜明的标志。㵲阳河、清水江、都柳江平行东流，使得这里成为贵州自然条件最好的区域，涵养了成千上万的侗乡苗寨。“村 BA”比赛期间，网友们除了关注比赛结果、关注台盘浓烈的观赛氛围，也关注着生存于斯的民族和他们的文化，以及乡村振兴步履下这片土地上变化着的一切。

图21 贵州省从江县高增乡占里村　（吴德军/摄）

“黎从榕”（指黎平、从江、榕江三县）位于贵州黔东南的最南部，作为粤港澳大湾区沿贵广高铁、厦蓉高速进入贵州的第一站，被视为贵州融入粤港澳大湾区的“桥头堡”。在这里，山多林密，溪涧纵横，也是贵州主要的侗族聚居区。

从飞驰的贵广高铁向车窗外看去，山与山之间的谷地里，总会不经意地出现一座座花桥与鼓楼相连，构成了一幅世外桃源般的侗乡画卷。鼓楼、花桥与侗族大歌并称为“侗族三宝”，前两者是有形的文化载体，后者则是打开侗族人心灵的密码。

侗族大歌并不是一种学术上的音乐流派，而是侗族人生活衍生的产物。如果时光回溯，在没有文字的侗族社区里，天生一副好嗓子的侗族人，会相互搭档配合，少则三人，多则上百人，用歌声记录历史、呈现生活，创造了这种多声部、无伴奏的和声。

说起唱歌，侗族还有很多生动又不失诗意的说法，被视为是直指娱乐与审美活动的根本，如“饭养身、歌养心”“久不唱歌夜亦荒”。不过在20世纪50年代之前，侗族大歌并不被外人所知晓。

为了寻找歌师吴品仙，汽车在黎平的山路上行驶了很久，路的两旁是9月黄绿色的稻田，稻穗正在微风中轻轻摇摆。当地人把弯曲的河道用“龙”来命名，于是就有了三龙侗寨这样的名字（永从乡、九龙村和中罗村的合称，包括20多个自然村寨）。自“四耶挑歌断担于三龙”以来，这里歌师辈出，有“侗族歌窝”之美称。

吴品仙的出现显然让人意外——在九龙村一片现代民居与侗族传统建筑混杂的集市中，76岁的吴品仙佝着背待在路边。她的头发已经花白，穿着黑色汗衫、灰色拖鞋，与寻常的村中老妇并无区别。她拉开临街一间商铺的卷帘门，招呼我们进去坐。

这是一间不常被打理的乡村杂货铺，吴品仙坐在高脚椅上，两只脚并行地放在椅子下面的横梁上。她说自己五六岁的时候，也是这样坐在高脚椅上，跟着长辈学侗族大歌，再长大点，村里几个玩得好的姑娘，就约着去找更加专业的歌师学习。

在侗寨，唱得好还会编歌的人，被尊称为“歌师”。歌师教歌不收费，作为对师父的回报，吴品仙们只是逢年过节送一点粑粑上门。等到日后唱得够好了，吴品仙们才有机会跟着师父去鼓楼里唱大歌——那是岁月中庄严而神圣的一刻。

1959年，长相与音色均十分出挑的吴品仙，开启了一次意外的人生之旅。十三四岁的她，肩负“侗族大歌歌手代表”的名号，北上首都，加入中央民族歌舞团。在人民大会堂，吴品仙出演了音乐舞蹈史诗《东方红》。她与合唱团演唱的侗族大歌，被中央人民广播电台录音播放，由中国唱片社上海分社灌制成唱片，在国内外公开发行。

“把大歌唱出去的感觉很荣幸，让外面的人知道我们这个民族也有高雅音乐存在。”吴品仙说话时，眼神明亮。

吴品仙之后，带着侗族大歌站上世界舞台的人，则是隔壁村的吴玉莲。1986 年，她与其他 8 位侗族姑娘从省城贵阳到首都北京，跟随对外演出公司乘坐飞机抵达法国巴黎，在那里参加了当年巴黎秋季艺术节的中国艺术专场演出。

36 年后，坐在家中绣花的吴玉莲想起那 13 天的法国之行，依然觉得既严肃又紧张。她站在法国国家博物馆的舞台上，四下里静悄悄的，吴玉莲知道台下坐着人，却看不清，好在远处的埃菲尔铁塔就像侗寨里的鼓楼一样印入脑海。作为一领众和、分高低音多声部协唱的复调民歌，领唱的吴玉莲，感觉自己好似统率千军万马。只是她没有想到，一曲罢了，等待她们的是长达 15 分钟的掌声和多达 37 次的谢幕。

次日，法国《世界报》用半版篇幅报道这场演出。自此那一句“清泉般闪光的音乐，掠过古梦边缘的旋律”成为侗族大歌蜚声海外的标签。2009 年，贵州侗族大歌被联合国教科文组织列入人类非物质文化遗产代表作名录，高度评价为“一个民族的声音，一种人类的文化”。

体验到人生的高光一刻，见过了大千世界后，吴品仙和吴玉莲都选择回到故乡。对于她们来说，除了外出演出要做交流分享，侗族大歌最美好的场景并不是舞台上，也不是追光灯下，而是“月上柳梢头，人约黄昏后”的鼓楼下、花桥边。在她们心里，侗族大歌唱的是侗族人心中的情感，离开了那片生活的土地，神韵便不复存在。

无字而传千年韵，有歌以振民族声。作为“侗族人生活方式的百科全书”，侗族大歌的歌曲种类非常丰富。其中有模仿自然界的“声音大歌”，有讲故事的“叙事大歌”，有抒发爱恋之情的“柔声大歌”，另外还有以劝教诫世为主的“伦理大歌”等。

对于今天的侗族年轻人来说，“柔声大歌”似乎更适合时代的审美，更容易转换为经济价值。但吴品仙却固执地认为，传统歌曲中的叙事、伦理才是更有文化价值的。只是如今，她坐在传习所里愿意教，也未必有年轻人愿意学了。

澳大利亚学者英倩蕾的出现，给了吴品仙很大的鼓舞。为了研究侗族大歌，从 2005 年开始的 7 年里，英倩蕾长住贵州黎平三龙侗寨对侗族大歌进行田野调查，被吴品仙视为最认真的学生。

“咱中国人也好，外国人也罢，只要他（她）肯学，我就会教。”作为歌师，吴品仙唱了一辈子大歌，教了一辈子大歌，文化传承的血脉早已在她的心中延绵。“小英学唱歌基本上是我唱一遍，她跟着学一遍。害怕自己发音不准就用录音机把歌声录下来；担心意思记不住，经常在本子上标记发音和注释。”

令人感到欣慰的是，与吴品仙持有相同观点的歌师，还另有其人。这就是吴增勇，“篮球之乡”尚重镇侗族琵琶歌的省级非遗传承人。在认识吴增勇之前，尚重琵琶歌就给我深刻的印象，尤其是那首由吴虹飞与幸福大街合作的《丢久不见长相思》。与洪州、六洞地区琵琶歌的轻快、跳跃不同，尚重琵琶歌委婉飘逸，更容易将听众带入旋律的意境之中。似乎这曲《丢久不见长相思》，唱出了古诗十九首中《行行重行行》的心绪。

当初热恋我日夜苦相思
却不知何时才能圆为夫妻
多少个春夏秋冬
回忆我们曾经往事
记忆犹新
第一年等你不来
我还满怀信心地相信
第二年你一定会到来
神魂颠倒度日如年
这样的日子何时是尽头

——《丢久不见长相思》

有意思的是，吴增勇认为侗族琵琶歌的迷人之处并不在于旋律，而是歌词。只是我们通过汉语翻译后，侗语中那种微妙的只能意会的韵味被打了折扣，很难再直观领略歌词的魅力——那的确是只限于侗族人自己知晓的心灵密码。

吴增勇手中有一本泛黄的蓝色笔记本。见面那天，他小心翼翼地拿在手上，仿佛身家性命般重要。翻开笔记本，其中一页密密麻麻写着人名，他说："这是我师父吴世恒抄写的，上面是清代以来尚重琵琶歌历代歌师的名字。"这样说着，眼泪就要掉下来，心中的感慨与激荡难以自禁。

吴增勇自 14 岁起跟着吴世恒学歌，一学几十年，便没有再离开。一日为师，终身为父，侗族琵琶歌中的教育内容，让他感觉比父亲给予自己的教育还要多。

当年吴增勇就是被歌中的内容深深迷住了。侗族琵琶歌用词非常讲究，内容也颇有意义——旧时侗族人依靠这些歌词来维系侗乡的生活、处理人际关系，蕴含着族群及文化的凝聚力、向心力，并非“你情我侬”这么简单。

吴增勇 16 岁就能编歌，展现出作为一名侗族歌师的天赋，“有时候需要几个小时，有时候几分钟就好了”，只是编歌的时候，由于过于沉醉，常常听不见别人讲话。如果遇到高手，大家也会相互编歌对唱，切磋一番。

不过对吴增勇来说，编歌、唱歌大多数时候是陶冶性情，很难产生经济收益，日常里他以做木匠为生。他认为作为歌师，唱歌也好、编歌也罢，首先需要遵循歌词中的道理，做人做事要靠谱，如果自己都做不到，那就等于是对歌曲的玷污。

时代在变，侗乡也在变，现代化的生活让村民们心生波澜，这也对大多数时候只能在本地发展的侗族文化产生了巨大冲击。在现代和传统的碰撞中，究竟是传统歌曲的文化价值更高，还是迎合时代审美的情歌更能打动游客的心，如何取舍、如何转化，值得探讨。

我始终坚信，正因为大山的阻隔，本土文化才得到“保鲜”，才有属于族群自己独有的魅力。无论怎样，歌声既然绵延千年，也必不会凭空止于鼓楼烟火熄灭的深夜，文化的熏染与传承始终还在，那些稚气学唱的孩童，那些与之有缘的年轻人，总有人未来会变成吴品仙、吴玉莲与吴增勇。高山流水下，总会有一群知音，为之击节。

21 世纪，在互联网和“地球村”的语境之下，所有的碰撞与融合，都是有意义、有价值的。就像侗族大歌走向北京，走向世界，就像“村 BA”的如期到来，受到全世界的关注和青睐，不正是时光中的美好遇见吗？

03

“村BA”的走红，与短视频、航拍技术的快速发展和普及密不可分。对于曾经囿于大山隔阻的侗乡苗寨来说，这里的人们、这里的生活方式，也因为新媒体的发展而发生了深刻变化。

显而易见，这种变化是空前的，甚至大大超出我们的预见和想象。不过另一方面看，所谓“民族的，即是世界的”“时尚的顶端，就是复古”，这样的一些言说，往往能令人产生更为悠远的遐想。

向往自然与田野牧歌，渴望拥有不一样的审美情趣，希望去亲近土地和寻根、守望传统和文化，从中得到一种抚慰与滋养，是现代人的普遍诉求。而生存与发展，又是人类的根本课题，更是个体生命的基本诉求，它也离不开现代文明和城市。于是人们在乡村与城市之间来回移位，在忙碌与休闲之间不断取舍，显现出人类栖居和精神指归里的种种二律背反。

这一切，或许只有时间才有资格去做出客观的评判。对这片土地上的一切人与事，唯有祝福和期待。当然，也可以从一

图22 张国丹和侗族姑娘们　（张国丹/提供）

些故事中感知黔东南不同族群的文化魅力，感知他们人性的厚度与丰富，体会他们生命的价值与尊严，一起来见证时间的大轴上，藏身于大山里的人类文明，那不同的面貌和流变过程，以及独有的魅力……

初次遇见张国丹，是在黎平路边的一个餐馆里。《时尚芭莎》杂志拍摄 2022 年 10 月刊的选题所需图片，在贵州选择了苗族、侗族、布依族和彝族四个民族来表现。张国丹与一众小姐妹作为模特为家乡代言，向杂志拍摄团队展示了侗族服饰与生活场景。

工作结束后大家聚在一起吃饭，黎平县委宣传部的同志说："别看她们年轻，个个都是返乡大学生，不简单。"我仔细地看了看张国丹，她身材娇小，长相甜美，待人接物总是浅笑盈盈，同时又透出一种不服输的韧劲儿。

张国丹确实不简单，中央电视台综艺频道刚刚邀请她去北京参加了综艺节目《开门大吉》的录制。张国丹说这一期的主题是传统文化，作为短视频平台上小有名气的“侗族大歌非遗传承人”，央视导演通过抖音找到了她。在这档鼓励普通人通过游戏闯关的方式实现自己家庭梦想的节目里，她领到了梦想基金。

促使张国丹站上央视舞台的动因很多，其中最关键的是宣传侗族大歌。在她的抖音账号里，家乡三龙侗寨的山川风貌、风土人情尽收眼底，她说最喜欢拍侗乡的节日，也喜欢在晴好的日子里走村串寨，那些小时候因为山路险阻没有机会造访的地方，那些似曾相识却发生巨大变化的地方，让她“充满了探宝的乐趣”。

与之相关的800多个短视频里，充满了李子柒般的田园生活。区别在于，李子柒的视频里有带着“大群体文明”回归“小群体生活”的审美精致，而张国丹的视频里，则更多展示侗乡原汁原味的日常与那里流传的歌谣。

“村姑阿香”是张国丹的抖音账号，源于她的乳名“良香”——“良”是家族的名字，“香”是父亲取的。与城市里生活的90后不同，在三龙侗寨这样偏远的地方，90后张国丹的童年挣扎在温饱线上。

她在某一期短视频里这样回忆道：家中有4个兄弟姐妹，没有足够多的田地，粮食一直都不够吃，常常要挑着箩筐到外婆家去借粮，等到来年秋收再还回去，这样日复一日，年复一年，过着辛苦却养不活自己的日子。于是她暗暗发誓，为了更好地生存与发展，长大后她一定要出去打工，逃离农村。

她努力读书，考上了大学，又因为家庭负担重，想要选择来钱快的行业。在广州，经过多年打拼，张国丹的外贸生意做得不错，年收入近 50 万，可以将母亲、妹妹、弟弟都接过去生活。只有父亲固执地守在家乡，他是一名侗戏歌师，在当地很受尊敬，与同村那位走上法国金秋艺术节的吴玉莲家颇有渊源。因为这层关系，吴玉莲待张国丹如女儿一般。

本以为生活会向着越来越好的方向发展。2015 年，突如其来的意外让父亲离她们而去。按照侗族歌师的风俗，父亲生前的歌谱、乐器都要随他焚化。张国丹再次返回家中，感觉关于父亲的一切都要凭空消失了，巨大的悲痛让她重新思考自己的人生，是继续在外面打拼，还是回到家乡留住父亲的身影——她在电脑里找到父亲的歌曲，泪如雨下。

“起初我只是想花两年时间，完成父亲的心愿，将三龙的侗歌记录下来。”张国丹天真地认为在吴玉莲的帮助下，只要自己天天在村子里走，不分寒暑，两年时间总是够的。但真正干起来才发现是个大工程。

侗歌在侗族人的生活日常里，是一种鲜活的存在，古老的旋律与当下的生活也密不可分，它自然不会坐着等待张国丹。转眼两年过去，她的进展并不理想。想要长久地埋头于侗歌的收集与整理，需要有持续的经济收入。

2017 年底，张国丹敏锐地意识到短视频的电商风口，开始探索将三龙侗寨的生活日常、地道风物、民族文化通过短视频展示给网友。就在此前的一年，黎平县成功创建国家级电子商务进农村综合示范县，打通了农村物流“最后一千米”，这无疑为张国丹的尝试提供了基础保障。

2018年，就在张国丹开始全职投入短视频内容生产时，距离三龙侗寨100千米外的尚重镇盖宝村里，一个名为“侗家七仙女”的直播团队也正式成立。此后的几年里，这群侗族姑娘以“七仙女”为代号，宣传民族文化，开展公益直播800多场，拍摄民族文化短视频800多个，总播放量达7亿人次，通过直播带货的方式销售农特产品1.4亿元。

就这样，一条视频，卖完了全村的稻香鱼；一次直播，清空了几百斤香和米。就这样，一个深山里的直播间，带火了曾经荒凉的村落。

短视频直播、电商带货，开始与大山里一个又一个真实的生命联结在一起，她们或他们本以为自己是一辈子的看客，却不承想有朝一日会成为镜头中的主角。

遇到了好时代，加之自己的努力经营，目前张国丹已经在各大短视频平台拥有了200万粉丝。“通常几十秒的短视频点击率能上百万，5分钟的短视频点击率，会在十万到几十万之间波动。”张国丹说，在她的影响下，三龙侗寨有很多妇女都开始了直播生涯。

改变，往往是一夜之间的事。直播给那些原本只懂得绣花、下田务农的农家妇女带来了快乐，也让她们的视野从家门口的这片山水延伸到更加遥远的地方。

“有一个我妈妈的姐妹，只上过三天学，大字不识，现在通过看弹幕认识了很多字。”

“年纪大的主要是发唱歌视频，偶尔也会卖出一点刺绣。年轻一点的，都加入了直播带货。”张国丹说，目前在三龙侗寨有 100 多位短视频主播。

如果我们把镜头拉得更远，近年来，黎平县通过完成农产品品控溯源与监管体系，不断推进农产品质量标准建设；通过鼓励农户和企业建立联系，将初级农产品转化为网品网货，使得销售渠道不断拓宽；以县域电商发展助推乡村振兴。

2021 年，黎平县电商网络零售额 2.01 亿元，线上销售农特产品 6713.14 万元，惠及农户 1 万余人。2022 年，黎平县充分利用《贵州省人民政府关于支持黔东南自治州“黎从榕”打造对接融入粤港澳大湾区“桥头堡”的实施意见》出台的历史机遇，获批云仓建设项目一个，按照“云仓 + 基地 + 企业（合作社）”运营模式，建立“乡村集货、云仓集单、数据互通、统仓共配”的供应链体系，实现“一个产品多仓卖”“零碎产品汇集卖”的目标。

对于张国丹来说，随着公路通了、网络通了、高铁通了、危房改了、路灯亮了……她慢慢地发现，家乡的生活与外面的差距越来越小，生活条件也越来越好。眼前的这片绿水青山，真的不仅仅是绿水青山，更是乡亲们脱贫致富的金山银山。

2020 年，张国丹开始在家乡谋划“梦歌田园”农文旅产业园，个人投资 200 万元，又带领了十来户村民分人力入股。她理想中的“梦歌田园”包括阳光餐厅、游泳池、钓鱼场、荷花塘、樱桃园、黄桃园、李子园、橘子园、甘蔗园、柚子园、香禾糯园等。

作为走出大山见过世面的侗族年轻人，张国丹的思想行为不再被脚下这片土地所束缚。正如她所说：“我们农村年轻人的机遇来了，配合国家的乡村振兴战略做农业，一定可以大展身手。”

对于侗歌，张国丹也有许多自己的想法。“过去，尽管歌师在侗族人心中很受尊敬，唱歌唱得好的侗族女孩会被人们视为聪明的女子，但因为唱歌很难产生收入，过于投入又会被普通家庭视为不务正业。”张国丹表示，这种矛盾在她所经历的人事中一直存在。

尚重镇的侗族琵琶歌歌师吴增勇，就遭遇过这样的尴尬。近年来，教育部门主导的“侗族大歌进课堂”在南部侗族聚居区已经开展了多年。吴增勇也去学校里教过歌，但不久后收到家长的投诉，内容大致是本来孩子成绩很好，但自从他来教歌后，就日日只想着唱歌，对孩子的前途产生负面影响。家长们还是希望孩子能够先学好文化知识，唱歌尽管好，但也只能在本地发展，希望孩子能有机会走出去看看。

除了文化上的保护传承，更要让整个侗族社群在现代化的进程中认识到唱歌是有价值的。张国丹的思考不无道理，毕竟那个受山水阻隔，在“小群体社会”中依靠歌词来维系侗乡生活、处理人际关系的时代，已经一去不复返。文化的生命力，需要回归到现代的侗族生活中去，这样才能散发新的活力。

那些慕名来到侗乡的游客，更喜欢听这方水土上绵绵不绝的情歌。就这样，年轻人的直播间里很少再听见伦理、教育类的侗歌，这被老一辈们视为是“丢弃”与“逐利”。

张国丹没有被老一辈的声音所左右，但她也希望恢复侗寨往昔的热闹。那是她小时候躲在母亲身后瞧见的，鼓楼下三天三夜不散的烟火。

从 2021 年开始，张国丹在吴玉莲的帮助下，在三龙举办侗族大歌擂台赛，有 23 个队伍，近 400 人参加了擂台赛。有了这样的比赛，侗族年轻人对于侗歌的认识，就不仅限于那几首好听的、老歌师们经常唱的歌曲，张国丹借此也可以在比赛中集中收集。

在央视录制节目的那天，她在微信里回复道："我领到了梦想基金，你是第一个知道的人。有了梦想基金，就可以举办第三场侗族大歌擂台赛了。"

都说所有的失败，都是认知的代价，而所有的胜利，则是价值观的胜利。张国丹的故事，似乎可以为之提供佐证。祝福张国丹，祝福她的家乡。

04

在"村BA"出圈之前，外界对于台江的认识更多聚焦于苗族姊妹节。这个流传于台江县老屯、施洞一带的民族节日，2006年作为国家首批非物质文化遗产申报成功，被称为世界上"最古老的东方情人节"。

苗族姊妹节究竟有多浪漫，与"村BA"一样，非亲身经历不可言说。可以想象的是，每年农历三月十五日前后，寻常的台江小城，一下就变成了歌舞升平的海洋，九大苗族支系的青年男女们穿着最华丽的新衣隆重出场，风吹起身上的银饰发出叮叮当当的声响，好听极了。这是一场盛大的民族订婚仪式，了解它，你也许更能理解贵州这片土地为何能够孕育出"村BA"了。

方其英是苗族飞歌县级传承人，赵明是苗族情歌自治州级传承人，她们一人来自清水江边的革东苗寨，一人来自方秀支系。2023 年 4 月 16 日，在一年一度台江姊妹节活动彩排的间隙，她们向我讲述了姊妹节的故事。

因为要聊“谈婚恋”，两位传承人脸上都带着羞涩。没有冒昧询问年龄，但说的都是 20 世纪 90 年代的故事。

有着“世界上最古老情人节”之称的台江姊妹节，之所以定在每年农历三月十五日，在方其英看来因为这是“姊妹花”开的时节。姊妹花开了，经晾晒、染色，制作成姊妹饭，这才有了姑娘们表达情谊的信物。

在过去，姊妹节前几日，各村寨的姑娘都会上山去采撷木叶、姊妹花等花草树叶，制作黑、红、黄、蓝、白五色糯米饭。“我们把姊妹饭送给心仪的男生，如果对方也中意你，就会还礼，根据还礼的内容不同传递不同的信息，比如手镯就是

图23 台江苗族姊妹节盛装游行 （曾皎飞/摄）

定终身的意思，可用作日常刺绣的针线则是有待观察。”方其英这么说着，忽然看了一眼邻座的某位大叔，“喂，那个时候我也是送过姊妹饭给你的。”

谁也没有想到这冷不丁的一句，将场面瞬间点燃，毕竟再过几年也要到儿孙满堂的年龄了，忽然被迫回想起年少时情窦初开的那一刻，任谁都没有准备好。大叔不好意思地挠挠头，叨念着“怎么就提起这回事”，中间有人很是八卦地问：“姊妹饭里包着啥？”大叔说了什么，因为声音太小听不太清，但后面半句大致是：“如果她放了大蒜，那还谈什么。”这才知道原来姊妹饭里包什么也是很有讲究的。

作为苗族女孩传递爱意的节日食物，小伙子们是否能赢得芳心，只需打开姊妹饭便可知晓。“树木钩子”表示爱慕，“大蒜、花椒、辣椒”则是委婉拒绝。这种简单而无言的示情方式，不仅避免了面述衷情的羞涩，也隔绝了拒绝后的尴尬，实在是一种充斥了女儿情的聪明之举。

显然大叔当年还是挺受欢迎的，几位长辈关于姊妹节回忆的话匣子就此打开，仿佛重新回到30年前那个“山有木兮木有枝，心悦君兮君不知”的年代。

与方其英相比，唱情歌的赵明显得更加羞涩。但之所以会成为苗族情歌传承人，正是因为姊妹节上的情歌给赵明带来了幸福。那是村子里淳朴而古老的仪式，在只有书信的年代，时光很慢。十几岁情窦初开的时候，看着身边的姐姐们在姊妹节上对情歌、送姊妹饭、定终身，赵明和方其英也会偷偷扳手指，数数自己还有几年可以上场。听姐姐们对情歌时，家中的女性长辈们则会站在身后，教姑娘们如何理解情歌中深刻的含义。

的确，苗族情歌歌词表达范围宽阔，内容婉约。“比如这句‘青青的菜，怎么还不来摘’的表达就类似汉语里‘花开堪折直须折，莫待无花空折枝’的意思。”“然后男方如果有意，就会更加直白地告诉你，‘我要来接你，你又不同意’。”方其英一边介绍一边轻轻把歌唱起。

为了这一天，年轻的方其英和赵明都曾在山上采摘姊妹花，细心制作姊妹饭，每个环节都充满了命运的神圣体验。她们与村中同龄的小姐妹们一起向万物生灵祈祷，祈祷自己心仪的男生在姊妹节的一早就能出现在村头的游方场上。

“游方”也是苗族男女青年公开的一种交友方式，在过去，每个苗寨为了方便未婚青年交际所提供的场所叫作“游方坪”或者场坝,“游方”的形式主要分为“节日游方”和平时夜间在“女家游方”。

按惯例，这种坪子归各家族或房族所有，不能出卖。每逢节日和赶集，姑娘和小伙子纷至沓来，会聚“游方坪”，以歌觅知音。当某对男女唱得情投意合时，便会相邀到不远处的私密之地单独对歌，发展感情甚至约定下一次见面的时间和地点。

每个家族至少必须为本家族的姑娘留一个“游方坪”，但现在这样的场所越来越少了。因为时代变了。

1998 年，台江县第一次举办政府层面的姊妹节活动，给方其英、赵明们带来很不一样的感受。2006 年，贵州省台江县申报的苗族姊妹节经国务院批准列入第一批国家级非物质文化遗产名录。

“有了手机，有了微信，人们谈情说爱的方式早已改变，姊妹节前一天发条短信就能够确认对方第二天来不来，再也不会有当年惴惴不安的心情。”方其英感叹道，古老的仪式其实充满了朴素的智慧。比如姊妹节那天去了几个村寨的男人，很容易被视为“三心二意”的人。如此女方再钟情，也不会选他，毕竟还要承受舆论的压力。“我们那个时候不看经济条件，就看真心不真心。”

方其英说现在她还会包姊妹饭，主要是为下一代打点。古老的姊妹节在她们的心中依旧神圣，作为长辈大家依旧习惯将说好的亲事放在这一天来确认，为了这一天要亲手定制过节的新衣。这也就有了我们今天看到的台江姊妹节，锦衣华服，万人游行，万人歌唱。而这一切其实并不需要政府有关部门过多介入组织，只需依照天时将时间确定，到那一天，四面八方的人们自然就来了。

在“百雨生谷”的好时节，那些传统而不失浪漫风情的爱意也如春雨滋长后的草地一般，肆意生长。

01

著名文化学者顾久曾说，贵州之美抚慰人心，在现代文明中散发着童年般的魅力。如果把城市、精英的文化称为“大传统”，把乡村、大众的文化称为“小传统”，那么在新时代的贵州，“大小传统”正碰撞出绚丽的火花。

就如我在侗乡遇见的“新村民”，他们用“大传统”的智慧来过“小传统”的生活，看似回到原点，实则却有着更高的螺旋起点。也许贵州就是这样一个可以让山外来客看到“否定之否定”之未来的地方。

图24 剑河县南明镇大坝田上篮球场 （卢桃/摄）

秋日傍晚，历经近3个小时的车马辗转，终于在“牛耕部落”和众人吃上了饭。

层层叠叠的远山，蜿蜒逶迤绕云间。位于黎平县尚重镇的“牛耕部落”，是一片规模较大的梯田群，由附近三个村民合作社组成，统一耕作面积共计2000亩。负责人杨正熙在2022年9月23日登上央视网络丰收晚会，向网友讲解“牛鱼鸭稻”。镜头里，杨正熙身后是贵州黔东南的层层梯田与山地生态农业，以及散落在自然风光中的二十四节气民宿。

说起来，这还是我第一次深入侗族地区——此前的采访大多停留在有组织的节庆体验、逛景区、对话非遗传承人等。与一桌子采访对象吃饭也是第一次，他们中有尚重镇的镇长陆其刚，杨正熙及家人，还有同行的黎平县委宣传部的同志等。

在贵州民族地区采访都很特别，老乡们总是让你盛情难却。大家习惯于边吃边聊，原本想在采访尚重篮球往事的同时，探索一下当地“农文旅一体化”发展的产业模式，或者新时代乡村文明建设，不承想这个夜晚彻底更新了我对侗乡的认识。

印象中的侗族一直是性格婉约的民族，侗歌中总是饱含着无限情谊，就算你不知道在唱什么，也会被那婉转悠扬的曲调所吸引。能够用音乐来系统表达文化历史，记录生活日常的民族，一定是很浪漫的吧？但这与侗族人开放自由的婚恋观比起来，显然还是阳春白雪。

饭桌上，被大家提及频率最高的一个词叫“闹姑娘”，起初并不在意，后来听到“从18岁闹到58岁”“父子同堂闹姑娘”“一个晚上可以闹100多个姑娘”这样的话语，忽然觉得蛮有意思，想一探究竟。

郑嫣然是杨正熙的家属，留着女生少有的小平头，看起来很前卫，但说起话来又温温柔柔的。因为曾是国内某高校的老师，大家都习惯叫她“郑老师”。这样放弃好工作、大城市，跑到贵州大山里当“村妇”，我猜想郑嫣然和杨正熙之间大概有什么惊天动地的故事。一问才知，人家是在忽然间遇见了思量已久的理想生活。

“家里会不会有阻力？”有些惊讶。

“没有，郑老师父母来参加婚礼时，都挺高兴的。”众人答道。

关于“闹姑娘”这件事情，我想听听郑嫣然的意见，她淡定地说道：“大概就类似学生时代男女同桌的情谊吧。”

在郑嫣然看来，侗族“闹姑娘”大多停留在男女青年认识、交朋友的层面，寨子里的姑娘三五人聚在某一女伴家中纺纱、刺绣、纳鞋垫，等待小伙子来访。男青年们则结伙来到姑娘们聚集的楼外，聊天唱歌，展现自我，一群人中，要有被姑娘们相中的才能够得到开门进家、继续交流的机会。

“会聊天、会唱歌的侗族小伙子，被姑娘们认为是聪明而有魅力的，如果性格内向闹不到姑娘，便要回家学习烧饭、做家务，也可以让人帮忙说亲，做个本分的‘经济适用男’。”

不知道郑嫣然有没有体验过“闹姑娘”，但侗族男人这种天天对着心上人唱情歌的浪漫，怕是一般人招架不住。对此，一桌人认真讨论了是否应该在肇兴侗寨开设“闹姑娘”的文旅体验项目，让有婚恋需求的游客沉浸式体验侗族文化。

“有道是，认证不如见证嘛。”杨正熙笑着说，这是他一贯的经营理念。一指“闹姑娘”这样的相亲文化，游客要亲身体验才知其中妙处；二指他的“牛耕部落”，比起高大上的有机认证，更加主张人们来到实地亲自考察和体验。

起初，杨正熙在梯田间修建民宿，就是为了人们更好地了解传统山地生态农业，不承想获得了“农业+旅游”的叠加效应，效果比预期好。毕竟这里拉开窗帘就是远山、梯田，满目葱绿或金黄，可看云卷云舒，可听蝉鸣鸟叫。入夜之后，深蓝色的天幕上繁星点点，运气好的话甚至可以看见整片银河。

秋收季节，来此体验的游客不少，他们有的是小众目的地的深度体验者，有的是农业经销商，更有想要加盟发展的“新村民”。

推杯换盏间，邻桌有游客加入，要与大家一起讨论。因为亲眼见证了真实场景，他们对于“牛耕部落”的“新村民”模式颇有兴趣。据了解，作为“新村民”，花4800元可以在“牛耕部落”里认领一亩地，每年领取800斤“有牛米”，同时那亩地里的稻田鱼也会一并寄出。“走在路边都能闻到阵阵米香，如果是两家人共同认领，我觉得很多城市家庭都可以接受。”有人说。

在当地政府的扶持下，“牛耕部落”曾获得东西部协作项目资金360万元，建成了2000亩有机水稻基地，实施“中国好粮油”项目。2019年，这里产出的“有牛米”受到市场青睐，销售额达3600万元。这样的销售业绩，一半来自合作企业，一半来自“新村民”。

“‘牛耕部落’主打高端农产品，复古传统山地生态农业。但是如果没有大城市的人来，高端农产品就很难卖出去，所以我们通过规划申报，在梯田里改建了40栋民宿，以增加接待能力和市场渠道。”杨正熙说，未来“牛耕部落”还打算发起“新房东计划”，让更多热爱田园生活的人前来投资、旅居。

吃完晚饭，大家又一同去山上陈希家新修的房子看了看。陈希是我在尚重镇遇见的北京姑娘，她在山下的洋洞村集资修建了一所儿童图书馆。

这是一个普通人帮助普通人的故事。故事的起因大约是2020年冬，已经在贵州黔东南游走了4个月，每天吃好喝好，访寨子、爬山、漂流、洗瀑布浴，玩得不亦乐乎的陈希，忽然觉得生活缺了点什么。

“一回北京我顿悟了，缺的是一个能看书的地方。不像在城里，家长们被各种教育机构和教育场所包围，大山里并没有这些资源，有的是一片净土，拥有无限可能性。在这个移动端填满生活的时代，希望给孩子们多一种选择。”

有了想法后，陈希开始组建团队。这期间，她们采访了洋洞小学校长，考察了学校现有的图书室，敲定图书馆的预算，并且租下了河边一栋闲置木屋作为场地。“最初的预算是64500元，不想找企业赞助或者申请基金会基金。那么，这64500元相当于645个人每人捐100元，又或者，我们卖出去5000斤当地的大米。”陈希说。

向公众筹款是一件充满压力的事，因为一旦开始，就进退两难。于是，陈希用日志记录下这段筹款的心路历程。

渐渐地，筹建儿童图书馆的事情，在村里传开了。让陈希感动的是，那个冬天的晚上，当她走到大米的发货现场时，发现村里的几个初中生主动搬完了仓库里堆放的几百斤米。大家心怀期待、有说有笑的样子，让陈希红了眼圈。

从 2020 年 12 月 10 日开始筹款，到 2021 年 2 月 2 日筹款完成，共筹集资金 73308.2 元。陈希将这些钱用于图书馆的建设、装潢、绘本购置与日常运营。2021 年的夏天，这家距离洋洞小学后门只有 2 分钟路程的儿童图书馆，建成并正式对外开放。图书馆一楼是大龄儿童的读物，二楼是低龄儿童的读物，共有读物 2000 余册。

第二天，当我们顺着孩子们奔跑的方向，在洋洞村的七弯八拐中找到洋洞儿童图书馆时，一名村妇正站在街边对着手机跳健身操，自得其乐。

负责图书馆日常管理的田老师，是当地幼儿园的老师。她说："有了图书馆之后，孩子们比过去看手机少了，也快乐多了，村民们反映都很好。"除了借阅读书外，洋洞儿童图书馆内还定期发起免费的儿童心灵成长活动营，开展画画、制作植物标本等活动。

图书馆的义工老师是来自全国各地的志愿者，之前两位艺术志愿者分别来自南京和成都，她们来到洋洞村的第一反应是这里"好凉快"和"好好吃"。这种感觉，既是生活，也是情怀，让人的幸福指数陡然爆表。

好故事总是一桩接着一桩。再后来，陈希在一个阳光晴好的日子嫁给了村里的侗族小伙。那天她穿着侗族妇女的服装，在众人的簇拥下，笑容灿烂，有满满的幸福感。

究竟是什么样的力量，让一个又一个大城市的姑娘不远千里嫁进大山？从陈希的微信记录里，不难看出她在贵州的日子充满了自由、灿烂与认真劳作后的芬芳。

幸福与快乐，是极具传染性的。作为一个发现和搜集好故事的人，边走边发呆，一路都是好心情。在山下的洋洞村里，我遇见了毕业于中央美术学院的青年画家汪孟江，他正忙着在国庆期间的梯田画展。

2020年春，因为一次探亲访友式的旅行，汪孟江来到贵州黎平，被当地侗族群众的服饰、生活深深吸引，就此住了下来。他用画笔记录侗族群众的日常生活与劳作，他的工作室也成了村里孩子们很喜欢造访的场所。

原本以为是著名学府的青年画家，为小镇增添了光彩，采访时汪孟江却乐呵呵地说："能够在'牛耕部落'如此宏大的梯田上办展，是我的荣幸。"在当地村民的帮助下，汪孟江的百余幅油画，被放置在层层叠叠的梯田间，画中辛勤劳作的人们，即是当地主要的观展者，这使得整个梯田画展恰似一件大地艺术作品。

汪孟江出生于湖南，近年来因为城镇化的快速发展，家乡的面貌已经与儿时的记忆全然不同。来到贵州后，他似乎找到了自己记忆深处的熟悉感，于是产生了强烈的创作冲动。汪孟江表示，希望通过这样的画展，帮助大家寻找记忆深处的家乡。

"将这片土地上的画在这片土地上展出，我觉得是一件很有意思的事情。而且这不是美术馆的展览，受到户外天气等影响，画作也会随之出现新的变化、新的可能。"汪孟江说。与此同时，画展的影像记录也是艺术创作的一部分，他将通过短视频的方式呈现，让网友线上观展。

这就是"牛耕部落"。对于造访此间的游客来说，山上有

图25 印染工坊 （郭廖辉/摄）

民宿、村里有图书馆、梯田里有画展……原本以为是个偏远避世的地方，没想到还具备大城市的不少元素，走在路上遇到的也不全是村民，想来确实有趣。

这样的山里世界，谁又不爱呢？

现代人离不开现代文明，甚至依附性很强。另一方面，现代人身心负累，又渴望得到纯净的自然与人文的双重抚慰、矫正——生存与发展有了着落，再来一曲田野牧歌，谁不欢喜呢？

02

天空、大海，都是蓝色的。所谓夜郎无闲草，黔地多灵物，在贵州高原也有许多美妙如初的“蓝”。蓝，或许就是天地万物最原初的“密码”，它如同“神谕”，古往今来，有许多的有缘人，都在领受它、追寻它……

黔东南的榕江，是一颗明珠，它因独特的区位优势跃然纸上：“三江汇流，百年木商。”这里曾因便利的都柳江航运而兴，商旅发达繁荣；温润的自然气候与万亩车江大坝，奠定了农业生产基础，使得区域内物产丰富。

在这里，哪怕随意生长在路边的板蓝根（又名蓝草、靛青根、蓝靛根、大青根等），也在漫长的时空中，彰显着独特的文化价值。它不但是一剂清热解毒、凉血消肿的中药材，在合成染料发明以前，板蓝根叶子中的蓝靛，还赋予了这片土地深深浅浅的蓝——就此，我在榕江展开了一场寻“蓝”之旅。

现如今村里生活兴许比城里好。这种感受，源于我一路走访“村 BA”，探寻到诸多它背后的故事。就外来者的眼光，大家在村里过得悠闲自在，只要有手艺坐在家门口也可以赚钱。由于交通的改善与互联网赋能，大山里的生活不再被地形所阻隔，曾经偏远孤寂的村落，如今摇身一变成为“山地公园省”里一个个神秘的“世外桃源”，让人千里迢迢来寻访。

这里有青山，有绿水，生态自然又适宜人居，有“村BA”，有欢歌，有美酒，有斗牛，有你意想不到的“蓝”……更有你想也想不到的生活，它神秘而充满野味。不得不说，当下贵州民族文化的特殊价值，正在被外界慢慢地发现。

初见大利侗寨是在 2020 年秋，行车于蜿蜒盘旋的山道上，高大的杉木从两边迅速掠过，只留下一片绿色的影子。

“你看，路边有人在画画”，车上有人这样喊道。放眼一看，大利侗寨便忽然出现在公路下面的山谷里。薄雾下升起袅袅炊烟，在青山的环抱下，古朴的侗寨神秘而恬静，很容易让人产生陶渊明笔下“世外桃源”的联想。事实上，作为中国的第一批传统村落与全国重点文物保护单位，大利侗寨本身就是这样的存在。

在 90 后小伙张十八心里，大利侗寨是“贵州最美的寨子”。这位扎着小辫的文艺青年，多年前意外找到这片桃花源后，便再没有离开。

开民宿，是张十八融入当地生活的好路径。2022 年秋，当我再次造访大利侗寨时，张十八正站在建筑工地上忙碌着——6 年间，他的民宿从一家变成了三家。眼下这家是最新的一家，还在建设中。最初的那一家已变成了好吃好喝的地方，中间的那家曾入围全球最大专业建筑设计网站“建日筑闻”提名项目——“井上见·大利侗寨”。

两年不见，大利侗寨确实又有了些变化。村子里不少地方都在改建房屋，不过依旧遵循传统建筑工艺，不会砌水泥房子。中午时分，村民们聚在河边“吃酒”，记得上一次来的时候，也是这样。

此次造访并不是随意为之，而是寻找“蓝”的一部分。“井上见·大利侗寨”作为榕江蓝产业的文旅载体，究竟是什么样的呢?

位于村口的古井之上，因地势较高，站在房间里可以俯瞰整个村子。在这里，我发现了一些有趣的事情，比如如何在村子里虚度时光，如何探寻“乾隆古道”，如何做个合格的山民，如何聆听侗族大歌，等等。

作为张十八与80后建筑设计师周贞徵的合作作品，“井上见·大利侗寨”的透光性与自然感，以及内部陈设都独具匠心。从大堂到房间，使用侗寨布艺产品做装饰，使得蓝色成为民宿的重点。

华裔女子周贞徵最初进入大利侗寨的时候，做的并不是建筑，而是做与全球文化遗产基金会一起成立的“妇女纺织合作社”相关工作。她曾说:“从外面看，好像是我们在帮助当地妇女，但我们在整个村子里学到的，是对生态循环的思考。”

其实在周贞徵到来之前，已有100多位人类学者来过大利侗寨考察，他们发现这里的食物、衣服、房子，都是自己“种”出来的，几乎没有受到“全球化”的影响。

联合国教科文组织亚太地区世界遗产培训与研究中心(北京)主任助理、全球文化遗产基金会项目总监李光涵，在北京大学攻读文化遗产保护博士时，就曾把大利侗寨作为一个典型案例研究和推广。“现在，哥伦比亚的一些部落村寨已经开始研究和学习大利。”李光涵认为，自给自足和开放之间的尺度，大利侗寨恰好停留在一个微妙的平衡点。

2017 年，周贞徵带着大利侗寨的妇女们，前往北京参加设计周活动。同年 11 月 12 日，大利侗寨的妇女们和她们的手艺登上《纽约时报》。

“侗族人以蓝为美，最高级的侗布会呈现出一种亮黑色，在阳光下，又泛着神秘的蓝紫色光泽。”周贞徵表示，与人们传统印象中色彩浓郁的少数民族布料相反，侗布呈现出一种意外的克制，自带神秘的高级感，很受高端市场欢迎。

与大利侗寨由外来者主导乡村建设不同，杨成兰作为隔壁丰登侗寨的第一个大学生，以及首个返乡创业的大学生，她所制作的侗布印证了周贞徵的话。2016 年，杨成兰在丰登侗寨创立了以侗布织染技艺保护与传承为使命的“倚山人手造生活工作室”。2021 年，她被评为“贵州省级脱贫攻坚优秀先进个人”。

2022 年 10 月 26 日，站在丰登侗寨的村口，杨成兰家正在“大兴土木”。在现有“倚山人手造生活工作室”的基础上，她还要扩建民宿和一个活态微型博物馆。“最初只是想过上自己想要的生活，渐渐地就成了致富带头人”，杨成兰直言自己没有想到，不过一切似乎又在情理之中。

3 月种棉，8 月摘花。摘下棉花后，需要选棉、轧花、搓棉，绞纱、排纱、拣纱，染布、捶布、蒸布……这是侗族人传承千年的古法织布步骤，也是深埋在杨成兰心中的声音。

重拾手上记忆，并不是一时心血来潮，而是看到了乡村的寂寥。“那些年，年轻人都出去务工了，村里只剩下老人与孩子。”而杨成兰每次回家，侗布穿在身上，那特有的植物香味与温度，都让她流连忘返。一种“命运共同体”的情愫油然而生。

杨成兰的所行所为，印证了那句“从我做起，从现在做起”。2016 年，她辞职回乡，开始了织布、染布、销售土布的创业历程。没有地方当生产作坊，就用废弃的猪圈搭个棚子；没有足够量的织布机，就翻山越岭这村、那村地寻找、落实；当会手艺的妇女们半信半疑时，杨成兰就自己上……

她花费大量时间研究制作布料的各个环节和技巧，琢磨其中烦琐的工艺。比如除了传统的蓝靛染色，如果加入柿子皮、密蒙花、枫叶、杨梅树叶、朱砂块等原料，会使植物染的触感柔软光滑，色彩层次感更加丰富，并带有独特清香。

杨成兰的努力和坚持，为事业换来转机，因其独具匠心的研发，“倚山人手造生活工作室”出品的侗布，逐渐打开了国内外市场，每米价格从几十元到数百元不等，远销日本、韩国、澳大利亚等国家。村子里的妇女看见杨成兰真的把生意做成了，也纷纷开始接下订单。

在杨成兰看来，走到这一步真不容易——从过去侗族妇女觉得自己“什么都不会”，不能给家庭带来收入，到现在发现有个手艺真不错，不出家门就能创业就业，“大家对自己有了信心”。

“平时都在家带小孩，小孩去读书了，我就来这里上班，一个月工资 3000 元到 4000 元。”说起自己的改变，村民吴福香非常高兴。“倚山人手造生活工作室”自创立以来，带动当地 300 多名妇女一起织布染布，平均每人每月实现增收 1500 余元，生产基地年销售额超过 200 万元。

随着侗布的市场认知越来越高，纷至沓来的渠道商涌向了僻静山村。幽林水井、木楼人家、古法技艺、歌声绕梁……这一切都深深吸引着每一位造访者。杨成兰发现，来访的渠道商们带着家人儿女宁愿在她们家里打地铺，也不愿意去县城住旅店，“因为难得，来了就想要彻底体验”。

正是这样的因缘，杨成兰将家里的房子改建成民宿、餐厅，为有需求的客户定制“非遗＋生活美学”的研学产品，尽可能地提供全方位服务。杨成兰表示，通过这样的在地体验，可以使更多的人认识传统侗布织染技艺，了解传统侗布织染所承载的文化内涵。

2022 年 5 月，央视新闻频道《朝闻天下》点赞“倚山人家手造生活工作室”，吸引游客体验侗布织染；10 月，央视新闻频道《身边的变化　我生长的地方》再次播出杨成兰返乡创业的故事。如今的杨成兰，在植物的香味与温度中穿行，成为一个造梦者。

如果说张十八、周贞徽和杨成兰的故事，只是“蓝”故事的一种延伸，顺藤摸瓜后，便会发现榕江蓝产业庞大的支系，以及它所蕴含的无数种可能。

2022 年 10 月 27 日，两位设计师抵达榕江，随后的两天时间，她们仔细考察了当地的板蓝根种植基地、古法制靛基地、蓝染帮扶车间、非遗文创中心等。“产业链完整，手工艺精湛。”榕江蓝产业给两位设计师留下深刻印象。她们与贵州青于蓝农业投资有限公司进行产品对接，根据这里的蓝染、手织布以及各种绣法做一些产品打样。

“物有无穷好，蓝青又出青。”近年来，榕江因地制宜，积极调整产业结构，打造“中国蓝染之乡”，发展种植板蓝根1.87万亩，年产量3.74万吨。在种好“一片叶”的基础上，积极分析市场需求，迈出蓝染加工和中药材加工的产业步伐。

发展产业，才是乡村振兴和共同富裕的有力抓手，同时也是民族文化和传统工艺焕发新颜，助力城乡融合发展的重要标志。

在榕江易地扶贫搬迁小区，数百名当地妇女在家门口有了文创订单，将指尖技艺化作致富产业。在榕江的两湖会馆，作为黔东南“蓝靛染”非遗文创中心，这里所有的家具与软装都以蓝染为主题，形成“蓝+多种风格”的主题样板间。

除此之外，板蓝根在文创领域的路径还有板蓝根啤酒，以及全蓝系列的家具软装、酒店用品等。

当然，榕江蓝产业的脚步还不止于此，为了在更广阔的舞台上绽放光彩，当地相关公司从种植阶段就开始进行相关产品的设计和创意——传统与现代，手作与创意，民族与世界，正在这里进行前所未有的融合与发酵，并催生出新生活、新气象。

贵州是否可以建立自己的蓝染色彩谱系？”杨小平是返乡创业的榕江人，在他眼里，贵州是中国仅有的蓝染活态全产业链保存地，也是最大的蓝靛膏交易市场。

只是贵州丰富的资源禀赋，目前并未创造出对应的价值。杨小平认为，碎片化是贵州民族手工艺在产业化道路上存在的最大问题，商业模式和手工艺产业模式如何创新的瓶颈亟待解决。

解决问题，首先是要发现问题。近年来，借政策的东风，传播的累积效应，再加上不断借力“外脑”和高参，重视各种建言献策，榕江的“蓝”势头呈现出可喜变化，发展空间越来越大。

2022年8月18日至11月18日，一场名为“大地之书”的黔东南公共艺术行动在榕江展开，由中国民间艺术家协会、中国建筑文化研究会、贵州省妇女联合会以及榕江县政府主办。对于一个西南小县城来说，这场公共艺术行动的影响力让人始料未及。

不同于一般的短期性活动，“大地之书”中的多个作品，都会在村寨中长期保留，成为当地文化生态的组成部分。于是2021年8月至今，20余位艺术家、建筑师、设计师、文化机构，12个支系蜡染传承人，8位国家级蜡染专家，以及200位国内学术、艺术、设计、文旅、产业专家，在榕江县内3个传统村落的十余处场地，以艺术赋能乡村建设。

2022年8月20日，来自北京大学、浙江大学、中国人民大学、中央美术学院、中国美术学院、中国艺术研究院等国内顶级院校的专家学者，会聚榕江县两湖会馆，以“大地之书，不止于蓝：黔东南公共艺术行动”为案例，围绕“艺术赋能乡村文旅”话题进行深入研讨。

活动期间，中国艺术研究院艺术学研究所名誉所长、东南大学艺术学院首席教授方李莉，结合榕江的现实提出“后农业文明”的概念。她认为乡村是传统文化复兴的基础，“后农业文明”可以为中国乡村振兴展开新探索，走出一条中国式的、自主创新的可持续发展道路。

“在国内蓝染的圈子里，榕江已经极具号召力。”在杨小平看来，这是贵州文化被发现后所产生的市场引力，也就不难理解“井上见·大利侗寨”动辄上千元的消费需求。此次寻“蓝”之旅快要结束的时候，有游客推着行李离去，临行前与张十八亲切告别，感谢他帮忙在村里预订了车辆。

对于未来，杨成兰还有新的想法：“侗族有领客回家的习惯，我希望村子里的人家，都能够改建出一间房来做民宿，把前来体验侗布织染的游客们领回家。”

当道路与桥梁、汽车与高铁，将大山与世界联通，对于人们而言，寻找今天的“桃花源”并不需要跋山涉水。正所谓古老的事物从未沉默，它讲述着光阴的故事，有时张望过去，有时又憧憬未来。更多的时候，它从当下出发，把质朴与美好代代相传……

在这片充满生机的土地上，“村超”的出现又是后话。

后记

写“村BA”是2022年的事。

那年夏天，贵州黔东南台江县台盘村的“吃新节”篮球比赛因为一则短视频火爆出圈，被人们依照NBA、CBA的命名习惯称为“村BA”。从中央到地方各路媒体随即收拾行囊开拔现场。一时间，小小的台盘村被放在聚光灯下，清水江边的台江大酒店一房难求。

作为一名长期深耕文化、旅游、体育报道的贵州记者，书写“村BA”的故事我当仁不让。记得出发时，省体育局的朋友担心我独自一人，势单力薄，我却笑笑说：“怕什么，好坏先上场比一轮。”这大概是体育记者特有的竞技感吧。

令人兴奋不已的是，“村BA”的确是块越挖越有料的宝藏。从初见短视频里万人整齐观看赛事的震撼，到贵州大山深处独特的篮球文化，无论是村级比赛的接地气与国际范，还是贵州人民内心的快乐、富足，这都与人们既往的认识有着巨大差异，并伴随着巨大的吸引力。这使得“村BA”的网络话题关注点从早期的比赛规模和场面，发展到群众自发性和文化特色，再到赛事对地区经济社会的促进、带动作用。

群山之间巨大的能量场被打开，因为采访“村BA”，我也被裹挟其中——过去十年，我在贵州走过的山山水水，采访过的点点滴滴，如同山间瓢泼大雨扑面而来。一本名为《贵州体育》的旧刊物出现在脑海中。

那是省体育局资料室里泛黄的书页，里面记录着20世纪70到80年代贵州体育的发展情况。我记得有一支苗寨女篮被反复报道，而它的诞生地正是台江。翻出刊物仔细核对，扳着手指絮絮叨叨，50年，半个世纪前台江苗寨女篮的影响力并不亚于今天的“村BA”。为什么又是台江？我要去找当年的参与者一探究竟，可50年过去了，怎么才能找到她们？当人们仅从相关志书中寻得关于篮球的寥寥几笔时，我却因为这样的发现心中久久不能平静。

我必须抽丝剥茧，用经历、用理解，为采访“村BA”理出一条行进线路。于是，我拟定了多条采访线索，一条聚焦“村BA”赛场，一条穿越贵州篮球数十年的发展，一条游离在赛场外，由此构成“村BA”的时间与空间……在完成这本书的拼图前，谁也不知道我的计划，而在采访中不断出现的新问题，也将我引向更深的彼岸。

站在台盘篮球场上，就算是没有比赛的日子，也依旧可以感到空气中留下的磁场，群山之下，人声鼎沸，高潮迭起……这是享誉全国的“山地狂欢”。为什么贵州会诞生这样自发性的狂欢活动，为什么民间活动能如此井然有序，“村BA”的活力究竟源于什么样的社会力量？2022年冬天，我遇见了同样在台江进行田野调查的中国人民大学社会学博士杨冠强。杨冠强认为我的系列报道十分深入，我们相互鼓励，希望能够从各自的专业角度去探究这种力量。也因此，我在这本书中花了相当的篇幅去撰写“村BA”的故乡，那里的山川四季，那里的风土人情，那些看起来和“村BA”并不相关的故事，其实都是我在采访中所感受到的——正是这些元素共同构成了“村BA”发端的基础。

从2022年的夏天一直采访到2023年的春天，“村BA”的故事一直在向前发展，从村级赛到省级赛，从省级赛到国家级别的比赛，好消息一个接一个传来，体育的、农业的、旅游的、经济的……仿佛有的事物一旦问世，它的生命力及未来走向便展示出不可思议的自由度和可能性。

正如“体育搭台、经济唱戏”“体育+文化”的话题讨论了很多年，直到遇见“村BA”，才让人见证其力量。而“村BA”后，贵州从省级层面提出要下好体育旅游这盘大棋。2023年春天，贵州黔东南又一场与体育相关的“村”字头赛事在深挖家底后开始萌芽，等到众人回头，位于榕江三宝侗寨的“村超”已然横空出世。

从“村BA”到“村超”，从篮球到足球，世界上最受欢迎的两大球类运动在贵州的群山中先后出现，掀起高潮，也向世界打开了多彩贵州的山地大门。那是复杂多变的喀斯特地貌与万花筒一般的山地文化，是努力奋发的物质与精神的“千年之变”，是万桥飞架、开放创新的今日贵州。习近平总书记在2024年新年贺词中点赞“村超”活力四射，“村BA”“村超”也被媒体誉为观察中国式现代化的一个窗口。透过这一窗口所展现的活力满满、热气腾腾、其乐融融的幸福生活图景，可以让人们看见中国式现代化在贵州一地一域的生动实践。同时，诸多国际媒体的报道也显示，“村BA”“村超”已逐渐超越体育赛事的范畴，成为深度、立体、真实展现中国形象的传播案例。

体育强则中国强，国运兴则体育兴。“村BA”不仅是力量、速度的体现，更是意志、精神的体现；不仅是一种现象，更凝结着文化与价值观；不仅体现着一个国家的物质实力，更体现出精神实力。区别于“奥运会”“世界杯”这些顶级比赛，以“村BA”为代表的乡村赛事则是一个前所未有的观察中国乡村的新视角。

作为一名体育记者，遇见“村BA”成就了我职业生涯中的高光时刻。我所撰写的报告文学《小篮球碰撞大时代》获得了中国新闻奖二等奖；另一篇系列报道《“村BA”出圈记》获得了贵州新闻奖一等奖；而本书的英文版也将于明年在全球出版发行，与世界各地的读者见面，用体育这一人类社会的共同语言讲述中国故事。

感谢这一路上所有因为“村BA”而结缘、帮助过我的人，感谢我所供职的贵州日报报刊社对我撰写“村BA”选题的支持，特别是李卫红总编辑对于《小篮球碰撞大时代》的指导与编辑，李缨主任对于《“村BA”出圈记》的策划。正是在不断报道“村BA”的点滴积累与思考中，才有了本书的诞生。最后，我还要感谢贵州人民出版社编辑团队对本书的精心制作，以及那个一直努力的自己。

百年贵州篮球，一朝“村BA”。希望通过本书，为读者开启一场关于“村BA”的美妙旅行，带你回到2022年那个热血沸腾的夏天，但无论我们怎么去书写，对于“村BA”，我们只猜到了开头，它的未来和结局，谁也猜不到。

曹　雯

2024年7月2日